U0609776

湖南省文艺出版社

月光流过人间

汤红辉 著

天津出版传媒集团

百花文艺出版社

图书在版编目（CIP）数据

月光流过人间 / 汤红辉著 . -- 天津 : 百花文艺出版社 , 2023.7
ISBN 978-7-5306-8532-7

Ⅰ . ①月… Ⅱ . ①汤… Ⅲ . ①诗集－中国－当代
Ⅳ . ① I227

中国国家版本馆 CIP 数据核字 (2023) 第 094655 号

月光流过人间
YUEGUANG LIUGUO RENJIAN
汤红辉　著

出 版 人 : 薛印胜
责任编辑 : 张　雪
装帧设计 : 鸿儒文轩
出版发行 : 百花文艺出版社
地址 : 天津市和平区西康路 35 号　　邮编 : 300051
电话传真 : +86-22-23332651（发行部）
　　　　　+86-22-23332656（总编室）
　　　　　+86-22-23332478（邮购部）
网址 : http://www.baihuawenyi.com
印刷 : 三河市华东印刷有限公司
开本 : 787 毫米×1092 毫米　1/32
字数 : 135 千字
印张 : 7.75
版次 : 2023 年 7 月第 1 版
印次 : 2023 年 7 月第 1 次印刷
定价 : 48.00 元

如有印装质量问题，请与三河市华东印刷有限公司联系调换
地址 : 三河市燕郊冶金路口南马起乏村西
电话 : 19931677990　邮编 : 065201

代　序

诗路是"在人间"的证词

三月的长沙，淅淅沥沥！

二十四年前，我以招工的形式，从农村"逃离"到城市，变成城镇户口。面对城市的繁华，我深刻体会到成长是一种陌生。

我住所的对面，正在建一栋高楼，工人们二十四小时作业。晚上躺在床上，能听到不远处中巴公交的刹车声，能看到被卷起的树叶在空中飞舞。"城市建筑夜夜长大／翻一翻初恋的笑容／一个比一个远／／城市天空下雨了"，这是我进入城市写的第一首诗，满是青春的梦想和迷惘。

不到两年，国企改革，企业效益断崖式下滑，大批工人下岗，我不知下一个会不会轮到自己。而我已是"城里人"，回不了农村，只能在城市与农村的缝隙中生存。

还好，一直有诗歌支撑着我，让我在那个几千人的国企，有一点自信的光芒。在这里我寻觅诗歌的足迹，从生活的最低处找寻词与句的印证，我不断用那些现实的图景反复求证着作为诗歌"在场"的证据，我并不知道作为诗人的"在场性"是否存在，可在我那些词句向内心求索时，我已找到了我想要表达的那种"先验"之物。

作为中文的书写者，我感到骄傲，作为一个继承者，我能想到的是"诗到语言止"。在分行中我用一个字去填入，一行甚至是一个自然段，我在想对于一位小说家或者是一位散文家来说这可能是奢侈的，可是对于一名诗歌写作者来说，这却是理所应当的。那一刻，我为诗歌的一字千钧感动自豪。这是不简单的，我在母语身上重新找到了一种可以确定自我价值的事物。

可是在2004年，我猛然间发现诗歌不能满足爱情所需的面包，更不可能让我在城市拥有房子。于是，我选择再次逃离，逃离国企，进入新闻行业，记录社会的喜乐哀悲。

从此，我正式告别诗歌，全身心进入新闻行业。每天早上六点起床，步行穿越这个城市；晚上送完稿后，再从城市最北边的报社，一路走回城市最南端的住地。每天不坐公交，只为寻找独家线索，倾听城市最底层的声音。

诗歌讲究"在场性"，新闻的"在场"就是在现场。由于自己的努力，一年后我成为主力记者。在新闻路上，我终究是没有当逃兵，我用"在场性"归属自己与母语的缘分，我用一个人的在场找寻那种独属于自己的精神存在，新闻体裁的"在场"由省内转为省外，由国内转为国外，我的目光由近而远，由浅至深，由具体的人向繁杂的天地秩序找寻语言停留歇息和奔腾的片刻。

在抗战胜利九十周年之际，我带队去云南腾冲采访，面对那密密麻麻的墓碑，面对那墓碑上"湖南×××"的名字，我泪如雨下，写下手记《如果他们回到湘江流过的故乡》；在巴基斯坦，作为文化交流的工作人员，我在玄奘生活过的古城静坐，感受文化流淌的声音，晚上回到酒店写下新闻文字《中巴文化交流之旅：我与玄奘隔着的不是千年盛唐，而是一片莲花海洋》。

这样的经历丰富了我对语言的理解，我的创作不再局限于体裁、长短，不再只用眼去看，去理解，而是学会了用心去体验存在者的内涵，我想这就是语言对于我的意义之所在。由此我站在更深处理解诗歌。

原来，诗歌一直不曾远离，只是以另外的方式，在我的职业文字中跳跃。无疑，这一组组充满诗情的叙评文字，受到业内关注、读者另眼相看，并广为转载。

2018 年，我们与张家界市文联联合举办了中国张家界国际旅游诗歌节。在活动宣传推广中，充分利用新媒体优势，将其与诗歌、旅游结合，成功探索出了一条诗歌推广的新路子。这样的探索，让我从认识论的角度去反思，一些"先验"如何融合形而下的器物由独在"神坛"走向"人间"，这样的思考，从我本职工作开始跃升至"形而上"的追逐，内心一直踊跃着的诗神，由此点燃了沉寂我心灵深处将近二十年的诗歌火种。而这样一种探索，也让古老诗歌走向了某种现代性的征程上。我不敢说我已将完场，可在探索中我一再反思着自己，反思写作的意义、自我完成的意义，每每看到身边的同道者，我便会将这个"小我"放到这个群体中思索，我想从这点来说，诗歌路上的现代性或许就是它的革命性之所在。

活动结束后，长沙大雪！一年将尽，忙着报账、做总结的同时，我重新开始了诗歌写作。

诗歌节期间，我陪同诗人兄弟们在张家界天门山顶采风，第一次接触到晶莹剔透的冰雪世界。于是，我写下了《天门山的雪》，该诗后被翻译成英文，在国外诗刊发表。

我喜欢在城市的高楼上，俯瞰城市，昼观车流行人如水，夜望霓虹此起彼伏。

是晚，我独立窗前，闭眼聆听。窗外雪落无声，雪融也无声。一连数日，我写下了几首有关雪的诗，其中《听雪》登上了《诗刊》："我只能凭窗听雪／远远地把这世界听成一座庙宇／每一尊佛像／都是你慈眉善目的样子"。

从一月到三月，包括春节的时间，我都处于兴奋之中。近二十年的过往，人事纷纭，全在眼前飘过，形成了一些跳跃的分行。

中巴文化交流之旅，写成诗歌《静坐塔克西拉古城》："当年玄奘参禅讲经口吐莲花／如今我面对他静坐／隔着的不是千年盛唐／是一片莲花海洋"。

中美文化交流之旅，写下了《华盛顿的国家广场有个马丁·路德·金雕像》："他的身体里流淌着湘人的血液，每次经过／我都仿佛听到他用湖南方言向我们打着招呼"。在不同的文化血肉中交织，我提炼起自身语言的周身，不论在何处我都在使用着"自在"的语言，或者说这种语言先于我存在着，那种诗神般的气力将我从人间的某些角落托起，让我能从水面上仰望星空，再次呼吸出自己整个身体。

三月一过，我又扑入繁忙的工作中，并保持一个原则：一年中不写诗。项目策划、活动创意、活动执行，我的工作有个"高大上"的名字，活动整合营销。幸好，一直都是与文化、文艺、旅游相关，且与诗歌活动与推广执行有关。

下班之余，我驾车拖着疲惫肉身，沿着浏阳河北行。浏阳河发源于我的老家，流经我长沙的房子，再缓缓融入湘江。

我喜欢坐在河边枯草丛中，看着夕阳慢慢降落，或是起身扯摘一两朵小花，丢在水中，目送着它们远去。就这样，感受天地大美、季节嬗变。

手机铃声，总会适时响起，提醒我有商务饭局的邀约，或是家庭琐事的责任。于是，"我将赶赴一场灯红酒绿 / 或是回到小屋炒几碟人间烟火"。

我的"小屋"背靠京广线铁路，前临一条长满橘树的陡岭路。买房子时，售楼美女说一天火车只有两三趟，搬家进去后才知道是两三分钟一趟。

还好我是一个生活的热爱者，总能找到她的美丽诗意所在。每天六点半左右，总会有"一列火车开进我的清晨 / 她穿越星辰穿越宁静 / 穿越带露的花香 / 穿越人间美好的物事"。

其实，我是非常喜欢陡岭路的。春末夏初，橘花开放，夜深人静，从树下走过，或是举杯望月，让平凡生活飘满橘花清香。而一年四季，这里总有不同的诗意。我也为这条路，写下了不少的诗句。

一晃又四年过去，当初那个逃离乡村的孩子，已人到中年。诗歌写作也已摸索着从当初的"小我"中跳出来，感知天地宇宙人生的"大我"。也一直不敢忘记来处，默默关注现实底层的悲喜苦乐，"凡人皆苦／他们尚不及这些小小虫类"。

　　路漫漫，我将继续在诗歌的路上远足！而敲下这些絮絮叨叨的文字，已是三月最后一个时辰。可我又想到艾略特的"四月是最残酷的季节"，我的使命不能停止，诗歌征程应该随着热爱母语的人不断扩张，至于时间、地点、人物，应该不由人去设定，而应相信心的力量，那种团结的力量，正在随着我的本职工作越走越宽，越行越远，这就是我一路走来的意义之所在吧。

一　人间听雪

三　城市天空

四 路过长安

五 名家评诗

一

人间听雪

把这世界听成一座庙宇

每一尊佛像都是你慈眉善目的样子

华盛顿的国家广场有个马丁·路德·金雕像

在神秘的白宫和五角大楼前
我们曾与麻雀友好对话

在美国国家美术馆里
我们与凡·高自画像长久对视

在乔治梅森大学艺术厅
我们举行非遗展览和音乐会

路过国家广场时我倍感亲切
那个白色马丁·路德·金石像出自
湖南人雷宜锌之巧手神雕

他的身体里流淌着湘人的血液,每次经过
我都仿佛听到他用湖南方言向我们打着招呼

静坐塔克西拉古城

塔克西拉古城在巴基斯坦的一座山上
我们去时双方相约停火
只为敬重我们这些来自玄奘故乡的人

玄奘于公元 7 世纪来到这里
他在《大唐西域记》留下不少笔墨
城堡中有间残存的房子
被当地人称为"唐僧谷"

游人离去
神鸟低飞
在唐僧谷门前闭目静坐能听见梵音缥缈
我是一个迟到的沙弥

当年玄奘参禅讲经口吐莲花
如今我面对他

隔着的不是千年盛唐

而是一片莲花海洋

人间值得

小妖在春天的尽头消失

粉红尾巴最后一晃

在众生面前美得一塌糊涂

喜欢这清澈见底的溪水，以及溪底的石头、两岸枯了又
　绿的野草

也爱这阳光下的奔波，挥抹不住的汗水，还有那些停止
　不了的欲望

人间值得

还有百年的光阴足够挥霍

只是端起桃花酒樽能与谁对饮

就像此刻

不知该把信息告诉谁

此刻我正走在尘世的街头

狮子轻轻抖落身上的月光
一步一步
优雅地向丛林走去

白狼登上悬崖之巅
仰天对月长啸
野樱缤纷尚未飘落谷底

此刻我正晚归走在尘世的街头
夜色如水
没有人看到它们的影子在我身上交织

过鹿坪

一场遇见从泉交河开始
赶 6 点的晚宴
从此下高速转益宁城际干道
过鹿坪等立于路边

一定有一只鹿穿过白日清风
农人正挥锄铲土撒下第一粒种子
小孩旷野中追逐嬉戏竹马青梅
一定有一只鹿穿过如水月光
女人正躺在男人臂膀闭眼撒娇
孩童磨牙呓语
鹿过，几朵梅花飘落

在过鹿坪，我把人生减了减速
怕时间深处那只鹿猛然回头

天门山

请允许我把腰再高挺一尺
请允许我把头再低下三分

天门洞是天眼
上苍有好生之德
对世间事睁一只眼闭一只眼

任由天门山这般绝美遗世独立
任我们在这奇峰秀水间羽翼丰满

只是仍心存敬畏
不敢在这山水间过于放纵
怕轻于肉身的灵魂找不到回家的路

月光流过人间

高铁驶离结界
城市樱花雨落

从此请允许我做一个坏人
瓜田李下
干尽鸡鸣狗盗的勾当

还能把诗歌当作经书反复诵读
为每个不幸的人捐一些碎银
月光流过人间时

罪孽深重
难以掩耳盗铃

在呼伦贝尔草原

西伯利亚的风在这里不姓寒
他有一个乳名：小风

这是属于内蒙古的八月
地上有多少羊群天上就有多少云朵
它们倒映在莫日格勒河里
随着传说轻轻飘荡

在呼伦贝尔
每一朵花都叫呼伦
每一根草都叫贝尔

只有牛羊才明白大草原的幸福
一生都在俯首与感恩

我也有个蒙古族名字

额尔古纳河不经意间流过
有一双神灵的手轻抚过弘吉剌部草原

马莲花草挥着弯刀样的花穗
沙葱花高举着苏鲁锭
河两岸的生灵有着相同的血脉
低声讲述着草木人间的语言

独立西伯利亚风中
隐隐有战马嘶鸣和可汗征伐的怒吼

不儿罕圣山九跪九拜
我高举金碗把酒弹向天地

给我一匹三河马吧
我也一定有个长长的蒙古族名字

在黑山头寻捡石头

从呼和浩特到海拉尔，再到黑山头古城
草原至此已走进深秋
这里是可汗大弟的封地
草木都挺直腰杆保留王者风范

琉璃瓦、青砖、龙纹瓦当，以及绿釉覆盆残片
裸露在浅土中还原历史苍白
谁向空中一挥长鞭
声声抽打在额尔古纳河上

神鹰盘旋古城，唳声遏云
每次转身都与天空擦翅
哪一些石块是可汗出征的誓言
我拨开草丛寻捡三块石头压在敖包山上

一块请把草原永远还给牛羊

一块请把天空永远还给白云

一块请把男人还给孩子和女人

呼伦贝尔的颜色

这是蓝中的蓝，白中的白
这是绿中的绿

在呼伦贝尔，一般只有三种极致的色彩

当夜幕像袈裟覆盖草原，星辰点缀其上
马头琴开始唱响如泣如诉的长调

只有这个时候，才点染了那么一抹鹅黄

弯月升起，挂在蒙古包上
月光又像额尔古纳河在青草间流淌

大草原生长不出忧伤

到额尔古纳市中国俄罗斯族家庭做客
身穿节日庆典服装的家人列队站在门口
端出盐巴和最好的列巴

盐是他们最珍贵的物品
记录着这个民族衍生发展的历史
以及祖辈闯关东的艰辛

额尔古纳河像祖母抚慰子孙的额头
把河两岸的青草、鲜花，还有割舍不断的血脉
用布满青筋的手紧紧相连

俄罗斯手风琴歌声流水般飘出木屋
夹杂着列巴的清香
西伯利亚的风从历史原乡吹过屋顶

有雨从《莫斯科郊外的晚上》滴落

那不是草原的忧伤，是这片土地的幸福

躺在母亲的床上

一根长发斜斜落在枕头上
纯白、银光，镀满岁月包浆

拈起，放置于手心端详
就像四十年前从母亲身上瓜熟蒂落
一定有那么一双年轻而喜悦的手
捧过稻谷、黄豆、红薯，还有我们
一直在人间不曾放下

醒来已人到中年
莫名心慌
母亲终会在某一天也如这根长发
飘落于时间深处，无形，无影，无踪

我们只能站在岁月河畔
借流水的姿势放飞莲花河灯三千里

母亲的鹅毛被

鹅毛大雪纷飞，从黄河来，到长江去
即将降落洞庭湖以南，这一片古楚国

母亲在灯下，连夜赶制鹅毛被
选毛、消毒、烘干，填充、缝针……
如同细细缝制洁白云朵
月光如水，如尘
从一片羽毛到另一片羽毛
从僧侣卦辞到如银白发

母亲老了
唯恐存世之年不多
一床被子留给孙女，一床给孙儿
她要静止的、流动的
倔强的家族温暖代代相传

初夏下午茶某一时刻

在一杯茶中打开书本
我的老父亲刚刚从土房子中走出来
舒缓而随意的哈欠惊醒七星塘每一个村落
一只白鹭正飞过新耕的水田

太阳向城市高楼缓缓靠近
像当代艺术斜斜画在浏阳河岸
苗圃上的杜鹃把初夏点燃
我走出办公室抬眼望向窗外

时间尚早
孩子们正端坐在教室或者在操场上奔跑
毛毛虫爬过窗棂，蚂蚁在楼下搬运一颗零食的命运
这些都与他们有关，又无关

是否等一场雨来

再次刷新一下宇宙对我的定义或认知

心藏猛虎

换一个参照物
明白流水与落花的意义
世界原谅了一切

但我无法原谅生为猛虎之身
一颦一笑都是劫数
那些草木、石头、虫豸，是多么无辜

回眸一望
向人间撒下尽是慈悲的袈裟
偶尔也震天一啸，虽已过滤了杀戮
但仍有绵绵气势力压

黄姚三日

第一天，我赤脚踩着青石板穿街而过
左手一只鞋，右手一只鞋

第二天，我坐在屋顶听风吹过黛瓦
每一垄瓦，都是古人写下的诗行

第三天，我后悔没带你来
顺手扯下三尺斜阳就酒，一口又一口

在黄姚古镇我动了凡心

姚江、小珠江、兴宁河
三河蜿蜒流经黄姚古镇
于是老樟和瘦石有了水的身姿

沿着河埠头而上
河水混合着阳光
揉进老街石板路上
石板青亮如洗
每条街都是一条慈悲的河流

而我只想成为鲤鱼街上的一尾鱼
台阶高三级　力争上游
但今生我不跳龙门

天亮了

鸡已叫过三巡
八字先生的谶语还飘在空中

准备继续做下去的梦
被晨曦打断

只有夜行人仍负重前行
心中点着一盏灯

没有吹熄

雨水辞

好雨真的知时节吗
今天艳阳高照

我听见雨水漫过早春的河堤
百花吐蕊准备大大方方开放

红尘有爱都不是我的
我只是逃离天庭的神

有的雨不落在人间
有的不止落在心上

幻　象

白马踏歌而来
花溪水珠四溅

小鹿穿过丛林
一步一朵莲花

玫瑰次第开放
三朵一株九棵一簇

我在人间眨了眨眼睛
知道这都是幻象
就像你不曾离开

雪夜独行

这雪终是来了
不因武后的朱笔御旨而早降
也不因你的贫瘠而迟临
四时有序天地有常
该来的总会来

人到中年
这雪孤独，晶莹剔透
屠刀和桃花在雪地立而成佛
吃过的盐比三步之内的雪要多啊
是以我专挑白雪覆盖处而踩踏
任那些黑色污水和坑徒留人间

在雪夜前行
只因相信还有寒梅在点染人间春色

惊蛰雷声

挟雷霆万钧之力
穿透云霄向人间敲响警钟

泥土深处的生灵
打着哈欠抖动着肉身

凡人皆苦
他们尚不及这些小小虫类

我的一个至亲，正在梦中，飞蛾扑火
我的一位朋友，正飞往梦中，不能自拔

雷声中，我来到莲台之下
发愿闭关七日，诵经千遍，度人，也度己

这个春天我们学会关心人类

阳光照在中午

家家关门闭户

像这个季节戴着口罩

我们在阳台上晒太阳

妻子弹琴

女儿在一边做作业

我翻看着手机上一个个增长的数字

这个春天

我们关心超市里的白菜和方便面

也学会关心人类

听 雪

雪落纷飞
我站在窗前闭眼凝神
今夜雪化
仍立于窗前
听雪来去无声

这雪已为你我酝酿了千年
在东吴西岭漂泊过
在寒江独钓的船头静坐过
也在芙蓉山柴门犬吠声中飘过

请原谅我不能为你抚琴
琴弦太清冷了
请原谅我不能为你煮茶
茶水太浓苦了
也请原谅我不能邀你去踏雪

我怕刚走出茅庐

你我就白了头

我只能凭窗听雪

远远地把这世界听成一座庙宇

每一尊佛像

都是你慈眉善目的样子

华盛顿的第一场雪

没有任何征兆
华盛顿下雪了
多像国际新闻中坐在白宫里的那些人

这雪
下得多少有些虚情假意　不够大气
南柯一梦
仍掩盖不了这里的秀美江山

站在雪中
没有踏雪的承诺
也不想伸出手去抓住一些什么
于这我只是一名过客

我注定是要回到种植水稻的土地
回到湘江的身边

晴耕雨读

也忙里偷闲发发朋友圈

雨中谒楚大夫宋玉墓

乘一秋雨水而来
过膝的芳草向土堆躬身垂首
瑟瑟风中用楚音哼唱辞赋

不见宋城
此去九里皆是楚国大夫邻居
而此地风水独好，风华直抵人心
道水河、沙溪河、峪溪河
三河用手托起一首六朝民歌
河对岸的翠竹尽数枯萎
至死保持亡秦必楚的气节

这不是楚国的四月
古楚国已随先师屈原怀沙沉入历史深处
河水干涸见底
守着渔父走后的一洼悲歌

四月的黄花鱼爬上高处天空

君不见临澧大地十万野生栾树花开正盛

满树花果举着锥形刀

替这人间修补满目疮痍

屈　原

枕着粽子入睡

汨罗江底一位峨冠博带的瘦高老人

不敢高声

鱼群歌子般游动　而

江水之上

《天问》和《离骚》

以及赛龙舟的号子

以楚国原始的方言激动不已

这一睡　就是两千多年了

远离鲜花　兰草和庙堂

那匹拴在林中的白马　早已

回归故里

随身携佩的宝剑　长成

江边离离菖蒲

弃落山野的马鞭　魂化

成为葱葱艾叶

五月初五这一天　大江南北

共同翻读一种不朽的精神

艾叶和菖蒲　以一种文化

悬于门楣

挂于窗前

这一挂　就是两千多年了

谁能想到

在醉与醒之间

在纵身怀沙沉石的一瞬

极度的屈辱和伟大的痛苦

蝶化成的灵魂　切入

长江黄河的脉搏　立时

凄远之地的一条叫作汨罗江的水域

在二十四史中金光闪闪

且源远流长

这一流　不止两千多年

夜宿天门山下

醒得太早
天下尚未大白

窗外突然鼓乐齐鸣
悲伤中透着欢欣
有人趁着曙色入土为安
这是湘西的民俗，为赶下一个轮回
出殡的队伍不得过于匆匆
薄雾从天门山脚下，摸上山去

几棵树也像活着的人，静等天明
为各种名利奔走

天门洞睁着巨大的独眼，看山前，不语；看山后，不语

夜宿沩山

太阳随酒倒入杯中
杯一碰天色就浓酽起来
青山如弥勒佛的宽大臂膀
把刘家庄轻拥入怀

沿着水泥路散步
一条白练在月色中蜿蜒
直通天庭
左一脚，右一脚
每一步都灌满虫鸣

在山顶，一脚踏三县
每一颗星星都有属于自己的名字
每一掬清风都属于幸福的人
而流星总是贪恋这无边夜色

山下，千手观音正伸出漫天的手接引
这些调皮的星辰

一夜心事未曾放下

一日两餐
过午不食

晚上去师傅禅房喝茶听开示
师傅燃起一盆炭火

师傅说炭火无尘
但每日茶台上还是有灰尘需勤擦拭

长夜未眠，佛塔铃声幢幢
我一夜心事未曾放下
早起又添厚厚一层

我终于听懂了"大慈大悲"

五点起床
五点半跟随师傅们在大殿做早课

师傅们双手合十，我双手合十
师傅们跪拜，我跟着跪拜

只是他们大声诵经时梵音缭绕
我像菩萨一样低眉顺目静静聆听

想起数年前在美国文化交流
每日去酒店餐厅时黑人女侍者都会礼貌地说"Follow me"
一连三天终于听明白了是什么意思

早课将近一个小时
师傅们一直念经
我终于听懂了一句"大慈大悲"

春天的哲学

把春天倒进药罐

大火煮沸，再文火煎熬，如此二轮

替人间喝完这最后一剂猛药

百花已无法控制自己

月季顶着满身俗气开得嚣张跋扈

蔷薇绿茶样暗暗使力

就连青苔也保持底层优势举着白花刷着存在感

生活与生存永远只是一字之差

门前橘树显然深谙这处世之道

一树繁花藏在青绿阔叶深处

只把清香氤氲人间

俗世也不过如此

那些飞短流长

只是树上偶尔掉落的花苞

正好砸中了夜行人的锦袍

二

他乡故乡

我将赶赴一场灯红酒绿

或是回到小屋炒几碟人间烟火

湮　没

风雪中启程
在导航中输入"七星塘"三个字
故乡早已被大雪湮没

没有族谱，也不隐身于方志
就像乡下每一个祖母
一身干净朴素　一生波澜不惊
名字美丽却不曾惊艳

夜晚躺在床上考究村子的名字
全村总共只有大小七口水塘
呈北斗分布
它们不曾收留一个无米之炊的女人
也没有收留一个贪玩的孩子

每一口水塘都蕴含外祖母式的慈悲

仓圣塔

在我老家浏阳七星塘
有一座仓圣庙
庙旁有一座宝塔

父亲说以前读书人用毛笔写过字的纸
要送到塔里烧掉
不能拿来抽烟也不能上茅厕

"破四旧"时庙和塔都被毁坏
但它们一直挺立在
故乡的记忆中

今年五月
远嫁外地当教师的妹妹和我
回乡为百岁祖母庆生
家乡风物陡然间注入乡愁

打开手机搜索"仓圣"，他原是文祖仓颉
我们对"颉"字读音都拿不准

那一刻我听到"轰隆"一声巨响
仓圣塔再也坚持不住，彻底坍塌

还 乡

空山新雨后
一个人驾车漫漫而行

路边油菜花没心没肺开放
多像往日衣锦还乡

只有小溪仍不紧不慢流着
默默接受我的一事无成

邻家在举丧
锣鼓唢呐楚音哀哀

想起远逝的一些人事
一些走失的青春

村口那棵梨树

开满了洁白的花

回 家

高速连续驾驶四个小时
终于躺在故乡的床上

雨夜也有月光
透过宽大的窗户洒在棉被上

心从没这么踏实安静
远远能听见隔壁房中老娘在讲梦话

小时娘抱着我在水缸前喊魂
一遍一遍喊我的乳名回来了

而此刻我只想喊出你的名字

在洞庭湖遇见故乡

坐在西洞庭湖秋风里

鱼鸟博物馆瞪眼看着龟裂的河床

白鹭偶尔飞过天际又飘落

她们并不急着离开

循着水的梦想

鱼类标本保持飞行的姿势

一千尾鱼有一千个独立的名字

一千尾鱼有一千对翅膀的自由

隔着玻璃，一尾最小的鱼游进少年的家乡

母语中俗称的"鳤鲅屎"

瘦小无肉，腹薄而多屎，食之微苦

为村民所不喜

在这里，它被称为水中蝴蝶

一身的药效消解人间病痛

每个故乡一定都有深藏功名的鳊鲅

只等出走半生归来，指鱼认亲

也原谅曾经浅薄，与现在一事无成

秋归辞

秋后的山村空了许多
收割后留下的稻茬
像凯旋的士兵举起左手
站在开满野菊的风中接受检阅

老父已退耕休养生息多年
农人的血液仍然火热
保持早晚收听天气预报的习惯
与邻居闲聊种植信息

从城市归来的我
不敢谈及一年的收成
只是将碗里的米饭
一粒一粒扒拉干净

在落日里赶赴一场灯红酒绿

秋末冬初的浏阳河畔总是寒风瑟瑟

喜欢下班后沿滨河路北行

将车开进洄水湾枯草深处

犹如坐卧一池残荷

猩红夕阳慢慢坠落

直至委身于城市高楼背后

它的壮美雄浑，以及奋不顾身

加持我们一身的鸡血

某日爬进工棚围挡的浏阳河畔

芳草萋萋骄阳懒懒

随手折一朵熬过季节的花丢进河里

看它循水远去

逝者如斯

我将赶赴一场灯红酒绿

或是回到小屋炒几碟人间烟火

九尾冲的雪

把诗和心事收藏起来
放在佛经的下面
今年终于不要撒下弥天大谎
雪落下来了

九尾冲是长沙城区一个美丽的地名
一个让我的故乡成为故乡的地方
这里没有九尾白狐
落下的雪和其他地方没有什么不同

我双手倒背望着窗外
让白雪再下三尺吧
我怕一走出去踩化了雪
就会露出人间的沧桑

我们的灵魂比花朵飞得更高

把橘花连枝折断插在瓶中
这是连续两天做得最不文明的事情

满条街的橘花都开了
请允许我长发飘飘仰天扬长而过

是谁在春天走失
以至花开荼蘼嗅觉失灵

人间有毒
我们的灵魂比花朵飞得更高
而神在隔岸观火

橘子花开

陡岭路的橘子花开了
渣土车来来往往
厚重的尾气压住一条街的花香

一碟花生米几瓶哈啤
朋友们一个个在橘树的年轮中走失
徒留我在这凡间举杯

想起年前曾许诺一位邻居
待到春暖花开
择一月白云淡夜回乡下喝茶
他家院内撑天橘树
此时应已繁花如星

而留守祖屋的父母黎明即起

用扫帚轻扫隔夜落英

一转身又飘满半院鸟鸣

橘子苦涩

沿长沙陡岭一路向北进入夏天
所有橘果在枝头站立成问天姿势

有妇人在树下摘橘
果小如鸭卵　满脸酸结
问采之何用
答曰入药

《本草纲目》载："利气、化痰、止咳功倍于它药。"
橘子苦涩却是良药
在长沙，它有一个名字叫臭皮柑
一如当年屈原在楚国上层阶层心目中的形象

而如今
浏阳河上龙舟号子响彻云霄
有水的地方就有屈原

我流落人间奔走

昨日橘子树下走过
我向天空抛掷数枚方孔铜钱占卜未来

陡岭路由南贯穿到北
灰沙弥漫却听不见飞驰马蹄和飘飞衣袂

今夜风雨无情，橘树繁花落尽
择一瓣落英结拜兄妹

互诺此去经年花开
月朗星稀再树下隔空对饮

从此　我流落人间奔走
如同橘树开花不仅是为了修成正果

干瘪橘子是屈原标准的瘦削长脸

陡岭路两边栽满了橘树
黄色橘子在初冬枝头独醒
无人采摘

早几日去拜屈子祠
一群着古装的孩子在朗诵屈原的代表作
而整个屈子书院也找不到一棵橘树

其实屈原只在五月的水域安睡
龙舟的木桨和粽子击水的声音
是楚国宫廷奏乐
大多数时间他在结满橘子的云端

陡岭路的橘子一个个干瘪而满是皱纹
那是屈原标准的瘦削长脸

登上九月的高处

站在八月的树下
抬起头时
任香气四溢
如月光　似水

这让我想起那一夜的
初次抵达
之后是一泻千里

蟹儿已肥
怀抱着这个时代最美的精物
以帝王的颜色呈现
而我更感动于缠缚于身上的莞草
一层一层　一圈又一圈

这多像是人世的承诺

那么轻薄

却又反复美丽动人地说出

只是这夜过后

我很满足

满足还能与你登上九月的高处

却不插茱萸

没妈的孩子

开会，手机静音
老爸打来数个电话未接

半个小时后回过去
他在电话里泣不成声：奶奶去世了

这个老男人
这个用竹棒做教鞭的代课老师
这个年轻时也曾打骂过妻儿的男人

我们赶回乡下时
老爸佝偻着身子站在门口
双眼红肿只留下一条缝

一个70多岁的男人，今日开始
成了没妈的孩子

涅 槃

纸棺如莲
花瓣片片包裹俗世肉身

随无水之海漂向彼岸
涅槃之火在尽头等待

老父跪在莲花蒲团之上
声泣如诵经：娘啊，一路走好

他白发贴地，身体弯曲
像被子宫安详环抱的婴儿

浏阳河映照不出人间悲伤

一路迤逦而来
在马栏山轻轻一个转身
浏阳河在鸭子铺抛下一个媚眼

从此脚步更加温柔
把洄水湾处的枯叶、杂草，还有城市垃圾
——包容入怀

我们总是来不及一遍遍说爱
像我们的生活日常
而我们也说不出千万个对凡尘生恨的理由
只看着浏阳河在此停留后向着湘江逐波随流而去

这人间的规则啊
软弱的悲伤逆流成河
留下一些约定和无奈

回到村庄

在庭院撒满鸟语
任花儿在风中飞
每一场雨落或者天晴
都不再突然

我们赤脚在泥土上奔跑
回到胞衣地的村庄
在菜园种下每一粒种子
然后掰着手指头守候秋天

蓑衣竹笠挂在墙上
我们在一杯清茶里抚琴
或者捧出书本
面对窗台上的香兰
慢慢把日子打开

找一个画师

我想找一个画师
帮父母画一幅像

在长安的古城墙上
父母踩一辆双人自行车
动作整齐划一
慢慢前行
回头看向我们时千年盛唐的阳光填满了脸上沟壑

老两口锅碗瓢盆吵闹了一辈子
只有这一刻是和谐的

在春风里沉睡的姐姐

每一朵花开，都有因果
每一声鸟鸣，都满含慈悲

曾多次与你远远相见
却不曾喊你一声姐姐

就像高处最大最美的那一朵花
庇佑这人世最后一眼的沧桑

三月春风十里
所有白色花朵都纷纷飘落

从此姐姐只是一个名字
在心里每呼唤一声

春天的胸口就会隐隐作痛

梅　山

安化梅山是神的存在
贩夫、走卒，渔夫、郎中，水师、武师
等等
都号称是神的使者

老婆的爷爷
据说生前可以与神灵通话
画符、止血、收吓，以及各种法术
他都会

小女一岁感冒
岳母抱她走到堂屋祖先牌位下
边在额头摸了三下
边自言自语：请爷爷保佑细伢子

翌日，天明

小女退烧

病房里的父亲就像我八岁的女儿

七旬老父亲从乡下打来电话
说腰痛得直不起来
我安排堂弟开车把他送进医院

忙完手头工作已是五天后
我买了一些吃的赶到医院
父亲坐在病床上
把各种医药单一一摊出来
絮絮叨叨说给我听

那一刻
感觉他就像我八岁的女儿
见到出差好久才回家的我

下雨了

久雨天晴了
我洗了车
还买了一双布鞋
不料晚上又下起雨来

陪女儿在床上睡觉
夜雨噼里啪啦敲打着窗户
让人心悸
我给瑟瑟兄弟在微信上留言：
回长沙了没有

瑟瑟是个孤独的孩子
自从父母离去之后
无论在拉丁美洲还是在越南
抑或是回到洞庭湖畔写诗

写到最后

总写出泪来

最好的治愈是回到故乡

一年 358 天
总有不顺的时候
还有 7 天我们都在忙着过年

苟延残喘的青春
掩盖内心的沧桑
迎着风咬咬牙挺一挺腰杆

其实最好的治愈是回到故乡
在老屋或院子里坐坐
看看比我们更忙的白发老娘

要不就是一个人走进电影院
看一场没心没肺的过往

离　家

在故乡三十里外安家
常常在周末睡懒觉
起床后又在诗句里想念故乡
以及小院里的草木和阳光

今天我回到故乡
临别时照例带走老母的叮咛
还有烟熏的腊肉、自种的小菜
就像年少时离家
只带走钱粮

不同的是
小女打开车窗
一个劲向爷爷奶奶说再见

胎　记

小女问我
为何有的人脸上长着青印
要用纱巾挡住

小时候奶奶告诉我
人在前世如果杀生行恶
死后会遭报应
杀猪的变成猪
杀鱼的变成鱼

只有行善做好事的
下一世才会变成人
投胎时迟迟不肯走
阎王爷朝他身上猛踹一脚
于是身上留下青色伤痕
是为胎记

带女儿去酒店吃饭

她常把糕点悄悄带出来

送给路边的环卫工人吃

然后又像蝴蝶飞到我身边

成为我心上的一颗胎记

归 来

以梦为马
从武陵源穿越桃花源

满身是灰尘
满心是疲惫
母亲的红薯和小米接纳了我

此刻我头枕湘江而眠
只想在你的琴声中打开一本诗集

听听文字中那些关于人民
挺直身子奋力前行的声音

在深圳文博会上

我们都是南飞的鸟
初生的羽毛洗落在湘江

如今母亲在乡下用秕谷喂养几只鸡
而我们远在他乡
用洋酒浇灌一些分行的文字

菊花石　　长沙窑
谷山砚　　夏布
这些来自家乡的风物

多像故乡小路上蹒跚脚步
一深一浅
撞入少年老成的乡愁

一列火车幸福地开来

一列火车开进我的清晨

她穿越星辰　穿越宁静

穿越带露的花香

穿越人间美好的物事

我想　我们必须重新定义幸福

天是我们的

地是我们的

我和你

都是我们的

如同每一个漫长而短暂的昨夜

如同你翻转身抱住我

用脸蹭我

以及逆时针 25 度侧脸

坏坏地笑

一列火车穿越青春的底色从远处开来

幸福地压着铁轨

咣当咣当

而我　刚好醒来

我该告诉它一些怎样的心事

这白色的夏天
洒满庭院　香桂未开
一个下午听不到蝉唱
我把你握在手里
在这良善洁净的人间

你在春天来过
石桌上的清茗还冒着热气
相视不语
一只鸟儿飞过
我该告诉它一些怎样的心事

来年要带你回归村庄
给先祖祭拜
为父母庆生
完成人生所有的仪式

半夜梦醒

带妈妈出国旅游
临上车前把她丢失了

穿越千山我边找边喊妈妈
听到回应时梦就醒了

心里塞塞的
一翻身发现小女满脸幸福地睡在身边

她一定是半夜梦醒
从小床上爬过来的

回到花开的家乡

油菜花开
阡陌之上洒满春天

我想起那些遥远约定
曾答应带你回到白发苍苍的故乡
牵手走上芬芳小路
花开花落　青春延着掌纹迷失方向

而如今
我在我的故里
你在谁的家乡

高空渔民

每次爬进 40 米高塔吊操作室
夏虎都会往南洞庭湖方向望去
蓝色水域无边
此刻都是他一个人的

退出江湖多年，和父辈们一样
这个 90 后渔民洗手上岸
还是付出了一定代价：
初中辍学回家与父母驾舟捕鱼维持生计
在益阳人社局安排下参加就业培训
拿到了特种工操作的蓝本本
如今每月工资七千
远超当渔民的收入

天空蔚蓝，钢铁手臂

把数吨建材，从南边送到北边

也把清晨的彩霞，送给傍晚的夕阳

洲岛上的老渔民

闭上眼，能听见洞庭湖的浪花
能闻到金色鱼鳞，在船舱中散发着冷月光

两年了，涂小年上缴的渔船和网
即将走进渔文化博物馆安家
长江十年禁渔，他总结是"给子孙留一片湖"
这些世代生活在益阳沅江洲岛上的老渔民
选择退渔上岸，接受人社局再就业安排

在渔民新村基建工地，担任安保工作的他
坦言再没有三天打鱼两天晒网的自由自在
想渔船渔网了，老渔民们就会被一个电话召集
从小县城的各个工作岗位聚到一起
吃饭，喝酒，偶尔也开心骂骂娘

安全帽在秋阳中闪着红光

涂小年指着刚封顶的渔民新村安置房

"我想住高点，这样可望得见湖，也看得远"

蓝马甲

蓝色安全马甲，白衬衫

腿脚上有几个破洞的牛仔裤

一身干净略显新潮的她，是工地上蓝领农民工

十年前女儿进入高中

夏立辉从深圳回到益阳陪读

如今女儿已大学毕业参加工作

五十一岁的她重新考了一个特种工操作证

成为一名建筑起重机械司机

她认为这份工作"很乖"

不仅可以在家门口打工，而且工资月底发放从不拖欠

"这里每一个人上下，都由我操控"

笑的时候一排门牙整齐雪白

蓝马甲走出操控室挥手送别，又赶紧回到岗位

与工地上五百多位农民工一样

她不知道益阳市人社局墙上，有一块蓝色大电子屏

适时监控着全市 168 个在建工地项目

为 70527 个农民工的工资发放

穿上了蓝马甲

沩山印象

带着一身疲惫和病恙回到家乡
回到沩山顶一个叫刘家庄的山村

80后刘广把自家房子收掇一番
改为民宿沩山印象

又把后山百亩禅茶制成福鼎白茶
清风明月星空一起压成茶饼

自家熏制的腊肉进驻了电商平台
随同附赠的是人间烟火

他在车窗外送别又一批游客时
挥手之间一个优雅转身跳出天鹅舞步

故乡和母亲，也是一种偏方

包治百病，也给人力量

万　佛

沩山密印寺有 12988 尊相同的贴金佛像
密密麻麻坐在万佛殿四面墙上
其中有一尊是纯金铸造

据说某位伟人青年时游学至此
一眼认出金佛
住持叹为奇人邀请后院彻谈天下大势

在宁乡沩山方圆百里内有一批青年
正在山间地头定义自己的星座：
肖胜男流转近 300 亩土地种辣椒
谢扬帆从广东回来，建成百亩现代果园
喻超回到乡村成立农场，带领村民共同富裕
姜武回到炭河古城附近创立宁乡第一家乡村民宿
他们，有一个共同的标签：大学生
他们的星空在宁乡，在湖南，在中国的农村

密印寺禅师说：佛是过来人，人是未来佛

其实，每个人都是自己的金佛

大成桥镇三板斧

这不是它最初的名字
在唐朝它的乳名叫大胜桥
在清朝因为追封孔子为大成至圣文宣王
改为沿用至今的大成桥

这是一个煤矿小镇
全镇 3.5 万人住在一个挖空的地球上
家门口塌陷的新闻，飞上电视、报纸
2014 年，煤矿全部关闭
三板斧砍出来了

第一板斧，砍掉村民家围墙
让清风明月穿堂入户
第二板斧，砍掉全镇麻将馆
让村民理性回归田园
第三板斧，砍掉陋俗奢风

让每年 1.5 亿元人情钱返回村民腰包

贺伟，80 后镇党委书记
用宁乡普通话介绍乡村振兴成绩时
田地里长着的火龙果、猕猴桃、阳光玫瑰葡萄
早已习惯了这些山野乡音

三

城市天空

这是一场蓄谋已久的逃离或私奔

今夜我不带走万贯家财

今天我是一棵空心菜

在这个周末

把北京时间尽量放松

屋子里煮一罐当归红枣蛋

树叶之间就有了中药味的传承

我双手插进牛仔裤口袋

在华创商场穿行

那些新进的服饰早已不再流行

三楼孤单的杜比影厅

大概上映的是《超时空同居》

一番寿司店的秋刀鱼

是久违的滋味

突然想起一个遥远的故事

童年的我最爱吃的是空心菜

而此时多想告诉你

我就是一蔸空心菜啊

人空心未空

樱花辞

在春分的枝头开放了三年
这些樱花终于纷纷扬扬落下

是谁说过
桃花笑樱花哭

树下已是冬天
粉红的雪像爱情一样圣洁

请原谅我不能与人分享这天上人间
我需要的是整片整片雪域

要不
就退守枝头枯萎或是遗忘
孤独终老也是一种修行

我只想你

八月的花香
已撒满了庭院
你会选择从哪一个日子走来

在水一方
我看见鱼翔浅底
于是总会　担心高跟鞋
会不会弄伤遥远而来的脚踝

小小的人儿
这是月圆之前的日子
今天我什么都不做
我只想你

心事如莲

满池荷中

我是有些内向的一棵

等待多年的心事

迟迟不能释怀开放

粉红的花苞

是遇见时会红的脸

你一定要来

注定在我灼灼开放的年华之前

即使心有猛虎

也要闭目微嗅

吐气若兰

我能感受到你的心跳

这样我才会是

开得最灿烂最长久的那一朵

良 期

柴门犬吠

风雪未停

红泥小火炉上的绿蚁新醅酒

已温热了三巡

西窗剪烛

温情满屋

当窗理云鬓对镜帖花黄

不知还是不是离别时的模样

门帘掀起

一声"官人"

竟移不动三寸金莲

在梦外看不到爱的等待

这是午夜的高楼
窗外起风了

捞起一床被子搁在胸前
想象自己是古代一位名士
端坐抚琴
闭眼摇晃长歌
高山流水
从此寂寞

有酒
一页页焚烧诗稿
然后连同世俗或幸福
仰脖痛饮

酒杯丢出窗外

谁的心在着地前已碎

在如水的夜里打翻一地幸福

夜色温柔
如水样在城市里流淌
马蹄声急
在一首怎样的歌词里踏月归去

回首处花瓣如雨
掩住来时路
是否以致今生
迟临的相逢

而此时
你在谁的梦里
一片一片拾起
写满娟秀的祝福　以及一些无奈

我向天空打了一个手势

青春的呼哨响起

一不小心

打翻了一地的幸福

书　生

我是这个城郭里的错误书生
城郭渐远
合十双手只为握住一些温柔

雨中衣袂飘飘
如许多的缤纷落花
谅解不了这一城的错
在谁的门扉
我曾是那个赴京赶考的书生
一碗水后再也不愿离去
最怕前世的桃花
笑痛春风

那么就让我做你案前的古琴吧
可以倾听指尖流水样的心事

夜深乏了，也能轻抚云鬓

承托一世如水青丝

城市天空下雨了

下雨了吗
外面还冷吗
我坐在床角孤独
想象夜班车过尽的街道
如果有一阵叶落　如雨
把城市盖住

我用流行音乐为自己充电
路灯姗姗而入　总
照不透唱片上的词句
而我　浸湿一些忧凄

那么我该相信自己　还是
相信音乐呢
城市建筑夜夜长大
翻一翻初恋的笑容

一个比一个淡　一个比一个远

该是零点了吧

我倾心聆听　城市天空

下雨了

我们有自己可以把握的银河

大暑过

城市太热

我们的爱只需 37° C 的体温

回到乡村去吧

日出就读书喝茶

茶过三巡　又三巡

日落我们做自己爱做的事情

老祖宗在神龛上微笑

每天三炷香还是要准时上的

萤火虫飞入夜色

一只　两只

尽数抓入瓶中

今夜不关心疫苗和转基因食品

也不效法古人囊萤夜读

月光如水

蒲扇轻摇

竹床相拥

仰首寻找牛郎织女的银河

还有一目了然的北斗七星

我们紧握装满萤虫的瓶子

这是我们可以自己把握的银河

雨过村庄

屋檐之下

谁的眼泪在飞

穿过你的长发的是谁的手

家园梦回

走过的地方芳香满径

在梦里

只要一牵住你的手

春天就来了

一夜之间陌上花开

不忍采摘啊

它们和你一样

一直只在我心里最痛的位置

静悄悄地开放

良 夜

翻过篱笆
穿过鸡鸣狗吠的村庄
蹚过村边静静的小河
穿越如歌的夜色

我的心抵达你的心
我的唇抵达你的唇
十万八千里
月光如水风在颤抖

这是一场
蓄谋已久的逃离或私奔
今夜我不带走万贯家财

你的心里装着我的伤痛

我穿行在五月的风中
不敢张开双臂
生怕触摸到你的节日

就像　不敢给你电话
生怕你小小的心底
再也盛不下满满的思念

这是属于我们的节日
暴雨即将覆盖我的城市
而你的村庄
是否早已下雨

在海边沙滩的夜晚做一个大王的梦

夜色轻盈覆盖

裙裾被海风一再吹起

而海中仍一片喧嚣

我们在沙滩上小憩

你调皮地用沙子

把我屈成直角的双腿掩埋盖住

铺成厚厚一层　再压紧

然后坐在上面俯视大海

快乐如一个幸福女王

我想掘沙围城

城郭三千

我是城堡里唯一的王

同时我是你的子民

就这样在这个春天守望你的美丽

能把你忘记吗

这个季节红得最绚烂的春天

任凭花落　如雨　如雪

总想能覆盖住一些什么

也许你是轻倚柴门的那位绝世红颜

而我只是讨水喝的过客

此去经年

应只留下灼灼桃红

飘落一地忧伤

我还是不走了

就这样隔着咫尺天涯守望

即便不能牵手

也要看着你在尘世飘零

你从此看不到我的寂寞和忧伤

是在哪一段路上行走

或是在哪一句歌词中停留

还是在哪一座城市的哪一个拐角

把你弄丢

我已经忘记了回去路

甚至忘记了

我们见面的密码

人来人往的街道找不到一个熟悉的身影

发如雪

还要不要漂泊

闭上眼

满心落魄的是谁的相思

城市里的乡下船

由乡村漂进城市

如流水浮萍

不知今晚

在哪个街灯下孤泊

而明天　又该流向何方

漂着　漂着

顺着水的姿势

但我不是

随波逐流

关于城市里的爱情

一梦醒来
我的船已游离到现代的城市

河沿洗足的女孩
阡陌情歌的蝴蝶结
杏树思怀的女子
皆在古老的纸窗望红烛
我的梦也漂过这寂寞的窗棂
在现代城市停泊

城市里没有冬季
超短裙是这个城市的质朴线索
这里已没有了唐诗
没有宋词
城市女子美若仙子
水样的依柔只在男子的口袋里

稍稍停留

我的船已游离到现代城市停泊
但是我贫穷的爱情
读不懂城市的情书

心 语

我可以说爱你吗

我的心穿过城市的眼睛

却不敢　走近你的芳心

城市也许很孤独

通往你的路其实很近

那一块路牌

告诉我你的车站已到

我随着早秋的风

在你门外默坐

而我的心

将被一个古老且痛苦的字

瞬间胀破

等　待

在秋季的梧桐叶雨里

不再奢侈有没有风会吹来

时间的概念里

我定格成爱神的姿势

我说　爱情不死

伊人回归的渡口

我盘膝而坐

用生命作琴　青春为弦

奏一首古老而年轻的歌

歌声响处

衣袂飘飘　长发疯长

一柄长剑定定深入背后的滩涂

2008 年第一场雪

下了三天

这是一场没有名分的雪

城市的灵魂已经邋遢得一塌糊涂

还记得十年前的承诺

始终没有和你去踏雪

爱情的誓言在垃圾堆上叫卖青春

我走

只留下一排脚印

左边是低迷

右脚是落寞

只做你的书童

下辈子我只要做你的书童

而你不再是一个美丽女子

你要变成一个帅帅书生

每日为你端茶倒水

挑灯苦读时为你添衣或摇扇

但还要受你斯文地呵骂

在老夫子的学堂

你会和那个女扮男装的叫祝英台的女子

偷偷早恋

最终　不要有姓马的公子出现

也不要化蝶

那些远逝岁月

楼越来越高

经年的心事还挂在窗外

任凭雨打芭蕉

滴落一生叹息

还可不可以

在一个透明的夜里

围坐一杯清茗

谈论唐诗宋词

或是遥想一段有关青春的故事

也许　有一些话还没说出来

天就亮了

就当又做了一场梦吧

只是在下一个车来人往的路口

你不再说谁不曾牵过谁的手

如果有来生

如果有来生
一定要在人世的出口等你
和你牵手的同时来到这个世界
把第一个"爱"字说给你听

如果有来生
我们要投胎转世成凤凰
在山水相依的树上筑巢而居
第一缕晨曦洒落树梢
我就开始为你唱响美丽的歌子

我想　我想我们还是要变成
无垠的海水
这样可以不受生命的轮回和
红尘烦扰
可以日日夜夜

可以生生世世拥抱在一起

永不分离

晚　安

誓言在这个时代泛滥成灾
很久了　我一直保持缄默
生怕一开口　就玷污了
那份注定迟临的爱恋

雪花在新年第一天落尽
我种植千年的玫瑰
终于在枯萎之后又次第开放
当花香弥漫整个城堡
我该对你说些怎样的话语

还是摒弃那些苍白的誓言
我只对你说晚安
在每一个真实存在的夜晚

在这个春天我们一起听花开的声音

不愿从清晨中醒来
不想睁开看你的眼
我知道你一定会来
所有的花朵正积攒这个季节的力量

少年的时光已远
我从梦中牵出那匹白马
只等你来
等你的长发在风中飞扬

从此　这个城市只有三季
从春天到秋天
我不说一句话
只在你的肩头
肆意开放

做一对城市里的鸽子

两对雪白的翅膀
飞过三馆一厅的屋顶
消失在城市视线之外
不久又回旋飞来

没有目标
不需要方向
这是鸽子的幸福

一如天空的雁阵
美若天书
却要顶住风和压力
以及把握队伍走向

如果可以
还是做一对鸽子吧

可以在城市飞行

也可在城市和乡村之间随风栖息

在五月祈望下一场雪

其实我已不抱什么奢望
但这个城市的枯木
在实现一夜逢春的童话

那些内向多年的玫瑰
在这个季节灼灼开放
而我该如何迎上无邪的眼光
与这个世界相拥

在五月的最后一天
我双手合十
祈愿有一场比爱情还纯洁的雪
在梦里铺满我迎迓你的小路

雪落无声
冰冻三尺

赤身而过

这样才能擦拭我的过往

站在你面前

拥 你

和你在一起时
我发现自己是一头野兽

恨不得
一口把你吞进肚子

就像我拥抱你时
紧紧地
想把你抱进我的身体

成为我的一根肋骨
或者其他部分

第五季

我用忧郁的眼神看着这个城市
报之以我的
是独有的花开
而忧伤浓得像夜色化不开来

是有多久了
久违少年不识愁滋味之苦
青春日渐干涸
点燃右臂供奉心中的庙宇

曾经以为不会再有了
所有的梦沉下去
直到第五个季节来临
唤醒沉睡梦想

余生请多关照

在这个冬天等待

你走后冬天就已经来临
我每夜站在高楼
眺望这个城市的南方某隅
犹如眺望一个春天的距离

雪终会来
知道你不会牵我的手去踏雪
但我仍要学会
在雪中孤独等候
就像垭口那一棵寂寞的树
在风中把手坚强张开
随时接收春天的信息

我就这样默默地等待
相信　当新绿爬满枝头
当玫瑰开满山冈

你一定会转过身来

望着我微笑

纪念日

闭上眼睛

日子不会因此停止转动

人世就是这个城市

我在这个城市奔走

一直努力去忘记什么

所有的承诺都到哪里去了

回一回头

胸口沉闷　有点痛

站在高楼伸出手去

如同想握住一缕风

既然不可忘记

就认了吧

把这个日子钉在心口

把祝福挂在上面

假设命运

若是一颗种子
若是被鸟落在悬崖
没有了沃土
也要在缝隙中求得生存

若是一片瓦
若是被打成了碎片
不能遮阳挡雨了
也要填平行人的坎坷

若是一块玉
若是神让我选择
我宁可摔成碎玉啊
也不愿装饰在别人的胸前

四

路过长安

我像一个杀人潜逃多年的凶手

仍感罪孽深重

只有初冬暖阳是平等的

湘雅医院门口前坪左侧车道空地上
汇聚一群来自乡下的面孔

他们蹲在地上不停抽烟
他们来回徘徊狂嚼槟榔

她们吞着干冷苍白的馒头
她们吃着只有盐味的廉价盒饭

他们手放口袋里抓着只有几枚硬币的钱包
她们拿起手机不知该再拨打给谁

他们的眉头拧成一个"川"字
她们的泪水慢慢涌出自己都不知道

只有初冬暖阳照在他们每一个人身上

不多不少那么公平

也不收费

我看世界的眼光更加佛性

每周一次
每次两针分多点位注射

护士温柔推送药液时
我双脚用力伸直　再伸直
眼泪被憋出来

想起小时候在乡下宰杀青蛙
一刀下去（斩首）
蛙脚向后伸直
再没有机会收回

一切生灵都是这么脆弱
走出医院大门时
我看这个世界的眼光更加佛性

谨遵母训

人到中年

做什么都得遵循天道

早睡早起

少吃肉多吃青菜

珍惜身边每一个人

不闯红灯

按线行驶

三条大路走正中间一条

还有

谨遵母训：不吃槟榔

最后一夜

口腔内割下一块皮肉

缝四针

再送病理科化验

一周后出结果

小心进食刷牙

一夜如厕数次

想起妻儿老母

日子是薄如蝉翼的冰

结果出来前一夜

晚归　径直前往夜宵市场

整一大把烤肉

把当天学习强国做完

然后蒙头大睡

我想昭告天下

讳疾忌医

齐国的蔡桓公蒙了自己两千多年

我蒙骗了自己五年

终于走进医院

出来的那一刻泪流满面

给最亲的人一个个发微信打电话

告诉她们我最多只能活六十年了

其实我是想昭告天下：

不要吃槟榔了

今夜我仍感罪孽深重

湘雅医院进进出出的人
幸与不幸
都是病人

他们身上可能长着一个病
也可能装着一个长着病的人
他们脆弱得吹弹可破

车过斑马线时
一个男子背对着我站立路中
轻按喇叭
他猛然转身满脸惊骇

直至今夜
我像一个杀人潜逃多年的凶手
仍感罪孽深重

路过长安

我住的酒店
就在长安街上
叫作金石国际
这里并不卖酒

晚上出去溜达
想找个酒家装醉
如果遇到李白就不写诗了
诗都被他写尽
我只拿着土碗当酒杯
喊着"杯莫停"

这样也好
至少第二天醒来
还可以吹一回牛

指着路边开放的梨花说：

那是我干出来的

在天安门对面穿着三角裤衩四处张望

住首都大酒店
据说对面就是天安门
早上起来站在窗户边寻找
猛然发现自己裸着上身
只穿了条三角裤衩

慌忙中穿好衣服
想想也没有什么
站在母亲身边撒野
我怕谁

我只是一条狗

我只是一条狗
偶尔披着诗歌的风衣
站在屋角狂吠

我叫了千年
却没有一个人听懂

但我仍将叫下去
直到满村的人
学会用狗语
去交流爱情

我的哥哥是民工

我的哥哥
早几天刚过完 35 岁生日
参加宴会的　都是一帮搬运工
哥哥是他们的小班长

哥哥常以我为荣
只因我是这个城市里的一名新闻民工
而哥哥和他的同事
在我的报道中被称为
城市里的蚂蚁
或者　和许多进城的农民兄弟一样
被统称为民工

今天还在睡懒觉
哥哥电话把我吵醒
他说因为班组里一点小纠纷

被另一个公司员工打了两拳

下体还挨了狠狠一脚

但识大体的他没有动手

并喝退准备动手的其他兄弟

在调解会上

那个公司的领导极力推脱责任

而哥哥公司的领导在打圆场

说　没有出血道个歉就算了

哥哥和他的兄弟

为自己公司领导的态度

极度气愤

在那一刻

看着身穿红色马甲的哥哥

以及马甲上"华夏搬运"四个字

我猛然知道

哥哥还是弱势群体

兄弟阿丰

阿丰住在美丽的红花坡

我至今无法完整地叫出他的名字

阿丰是他的网名

虽然交往了半年

但并不影响我们之间的感情

这个城市的辣椒和歌厅文化时刻交配

与在穷人和富人之间挣扎的我们

看似无关

为了超越面包的含金量

我们常坐在伟人天问苍茫大地的湘江边

边喝 5 元钱一杯的茶水

边眺望人生的辉煌距离　和一切

有可能高高坚挺的峰点

从夏天　到冬天

一杯茶仍保持着荷尔蒙的热度

泡论坛也玩乱文字

阿丰的义气和真实

如他额头的皱纹

就是在那么一个个深夜

我们残余青春于茶杯中一再冲喝

在我们相互交流着超短裙与身体的黄金比例时

阿丰的小灵通总会响起

从城南到城北

阿丰的小轿车要把兄弟们安全送达

各自寂寞的席梦思上

然后才回到他的红花坡

回到他的女人身边

好好读书

侄儿冬冬
幸运而又不幸地成为留守儿童
在远离城市的乡下
由爷爷奶奶带大
并读完小学又上完了初中
而他的父母
却在城市幸运而又不幸地当上农民工

今年7月
冬冬终于靠近了城市
拿到一纸高中录取通知书
可以在父母流汗的地方读书
为了表示奖励
暑假的前半部分时间
他来到城市和父母一起生活
吃一元钱一把的空心菜

住租来的拆迁房
竟觉得如生活在天堂

这个夏天有些变态
经常停电考验人的体魄
吃完晚饭躺在空调下想起侄儿冬冬
不晓得那间拆迁房停没停电
电话接通后他懒懒地说
一个人在家没看电视
准备送钥匙给正在上班的妈妈
然后去爸爸上班的地方玩一玩

在他懒懒的口气里
可以听出一些无奈和失望
农村的孩子毕竟是农村的孩子
城市生活改变不了留守儿童
当兄弟姐妹们在城市靠努力工作改变命运
我只想对侄儿说　好好读书

五

名家评诗

以个体的生命体验和人生经验表达着对世界，
对生活，对故乡的认知、情感与态度。

古典审美情调、乡土家园情怀与地域文化精神的彰显

——汤红辉诗歌作品阅读印象

谭五昌

2022 年年初，我主编年度性的中国新诗排行榜时，曾尝试着向汤红辉约稿，他给我发来了一首描写张家界风景的诗作《天门山》。该诗颇为娴熟的修辞技艺、与众不同的生命体验表达，给我留下了深刻的印象，我有些惊喜地意识到，我又"发现"了一位富有才华的湖湘诗人。

前几日，汤红辉又给我发来一组诗歌作品。夜深人静之时，认真阅读这组作品，犹如倾听一曲旋律轻扬、优雅的交响乐。古朴优美的意境，蕴藉悠扬的抒情之风扑面而来，而在这和谐静谧的艺术画面背后，蕴含着古典浪漫的审美情思，处处彰显着深沉厚重的乡土情结，又不时张扬着充满血

性的湖湘文化精神。

古典的审美意境与艺术情调是汤红辉诗歌创作的显著美学特色。意境是诗人的主观生命体验和客观物象相融合而形成的一种审美境界。汤红辉诗歌中的审美意境颇有古典色彩，诗人擅长运用丰富多彩的意象群构建一个情景交融、虚实相生的诗意空间。例如在《听雪》一诗中，汤红辉这样写道："这雪已为你我酝酿了千年／在东吴西岭漂泊过／在寒江独钓的船头静坐过／也在芙蓉山柴门犬吠声中飘过"。"东吴西岭""寒江独钓""柴门犬吠"等意象一映入眼帘，便让人想起柳宗元笔下"独钓寒江雪"的广阔、空灵、清幽、寂静，或让人联想起刘长卿笔下"柴门闻犬吠"的游子雪夜归家的动人情景。一幅白雪渺茫，人在江边垂钓的清雅图景，将古典的审美意境表现得淋漓尽致，而在朦胧、典雅的意境背后，则是悠悠飘荡的撩人情思。诗人声称"我"不能为"你"抚琴、煮茶、踏雪，却觉得每一尊佛像都是"你"的样子。在诗中，"我"所看到的一切景物皆是可触可感的实景，而"你"则是诗人主观情感的投射、寄托与想象的产物。在虚实交融、情理统一的艺术境界里，诗人的情感明显是节制的、向内的，景和情相互映衬，互为和谐。因此，在情景的交融中，诗人情思的表现就达到了一种哀而不伤、乐而不淫、温柔敦厚的古典美学境界。古人云：一切景语皆情语。汤红辉的诗歌作品里总是萦绕着一种挥之不去的情绪氛围，深沉、凝重而又不乏轻盈、流畅，其审美意境创造了富有弹性的诗意世界，从而给读者以多维度的情感体验空间。

含蓄、委婉的抒情风格可谓汤红辉诗歌古典审美情调的另一重要表征。古人作诗向来追求"言不尽意"，要求诗歌达到"心头无限意，尽在不言中"的含蓄蕴藉的美学高度。红辉诗中意味隽永、意在言外的艺术风格充分彰显出古典诗歌的美学特征。《我该告诉它一些怎样的心事》无疑是一首此方面的典型之作，请看其中这样的诗句："这白色的夏天/洒满庭院　香桂未开/一个下午听不到蝉唱/我把你握在手里/在这良善洁净的人间//你在春天来过/石桌上的清茗还冒着热气/相视不语/一只鸟儿飞过/我该告诉它一些怎样的心事"。委婉清丽的文字间流动着诗人无限的心事，但诗人并没有直接说出，而是将情寄于景，通过视觉和嗅觉意象来表达其含蓄的"心事"，诗人将情感诉诸于白色的夏天、石桌上的清茗。正当读者对诗人的情感指向感觉有些疑惑和好奇时，诗人才悠悠道出：来年要回村庄祭拜祖先，要为双亲庆生。在诗中，"祖先"与"村庄"两个关键词语意蕴无穷，是暗喻历史的沧桑，还是家园的变迁？为什么它们会成为诗人的心事？欲言又止的诗行激发了读者的想象，而诗人却总是在意犹未尽中为诗作画上完美的句号。这恰好是红辉诗歌表达的独特之处，那种含蓄、婉转的艺术表现风格，会令读者浮想联翩，回味无穷。

红辉诗歌的抒情风格，主要体现在诗人身上浓厚的乡土家园情结上。由于红辉来自乡村，因而，诗人是把乡土（乡村）当成自己的精神家园。故乡总是带给人心理上的归属感和安全感，对故乡的怀念是人类最真挚、最朴素、最深沉的情感之一。在汤红辉的情感记忆里，故乡那片土地上的人和事早已成为他过往生命的深刻体验，这种深刻体验潜藏在诗人的情感记忆中，成了一种根深蒂固的乡土情结。例如在《回家》一诗中，诗人这样书写其与故土亲人的深情相遇："心从没这么踏实安静 / 远远能听见隔壁房中老娘在讲梦话 // 小时娘抱着我在水缸前喊魂 / 一遍一遍喊我的乳名回来了 // 而此刻我只想喊出你的名字"。诗人对故乡与亲人的深刻情感在诗行里自然而然地流露出来，从"小时"和"此刻"这样的时间性词语中可以看到，对故土而言，诗人是一个游子，是一个偶然的归来者，"喊出你的名字"，不仅是喊出当事人的名字，更多的是诗人对童年情感记忆的呼唤，象征着一种对根性的追寻和回归。另外，在《秋归辞》等诗篇里我们还可以看出，面对故乡，诗人的情感体验是复杂的，既有对于故乡亲人的歉意与愧疚，也有对于故乡亲人勤劳与朴实品质的赞美。诗人对于故乡家园怀有深刻的皈依心理与情感，发自肺腑，感人至深。《最好的治愈是回到故乡》堪称此方面的典型文本。

故乡田园是诗人汤红辉情感的寄托与灵魂的归宿之处，其诗歌作品中呈现的地域文化内涵——湖湘文化精神更是展示出了诗人的文化身份自我认同。汤红辉是湖南人，独特而浓厚的湖湘文化与风土人情赋予了他源源不断的创作灵感，也潜移默化地为他的诗歌作品染带上特有的地域文化色彩。简言之，湖湘文化精神始终伴随着汤红辉本人，即便在异国他乡，诗人依然用湖湘人士的文化眼光打量、观照周边的人与事。例如，诗人在《华盛顿的国家广场有个马丁·路德·金雕像》一诗里这样写道："路过国家广场时我倍感亲切 / 那个白色马丁·路德·金石像出自 / 湖南人雷宜锌之巧手神雕 // 他的身体里流淌着湘人的血液，每次经过 / 我都仿佛听到他用湖南方言向我们打着招呼"。马丁·路德·金是梦想与勇敢者的化身，他为了追求自由与平等，不惜牺牲个人生命。汤红辉从马丁·路德·金的雕像出自湘人之手，便

"理所当然"地认为马丁·路德·金的身体里"流淌着湘人的血液",可见在汤红辉的认知里,马丁·路德·金与湘人一样充满着为了理想和正义而勇敢斗争、不怕牺牲的血性精神。诗人通过马丁·路德·金这尊雕像,讴歌了湖湘文化的精神品质,由此有力表达出了诗人对湖湘文化精神的强烈认同心态。而在《天门山》一诗中,诗人说:"请允许我把腰再高挺一尺/请允许我把头再低下三分",在这里,"挺腰"是一种直面现实与困难的勇气,而"低头"则是务实、谦虚的品质。另外,"天门山"是湖南最具地域代表性的著名地理景观之一,在这首诗的语境里,它是理想人格与健全精神的隐喻。简言之,在汤红辉笔下的湖湘文化符号谱系里,雕像不只是雕像,山不只是山,水也不只是水,一草一木、一人一马都是极具深意的,它们均象征着湖湘地域文化风情,寄寓着湖湘文化精神,流露出诗人对于家乡的无比热爱与眷恋之情(正如《浏阳河映照不出人间悲伤》一诗的标题所展示的那样)。而这一点,凸显出汤红辉诗歌创作的特殊价值,它正是当今全球化语境下中国诗人对于本土审美文化经验的一种自觉挖掘与张扬。

狄尔泰认为,诗人的存在关联着生命的存在形式、个体的生活和生命的意义。作为一名厚积薄发的实力派诗人,汤红辉无疑是在以个体的生命体验和人生经验表达着对世界，对生活，对故乡的认知、情感与态度。古典审美情调、乡土家园情怀、地域文化精神是诗人近期创作中三个鲜明的思想艺术维度，展现出比较独特的创作风格与审美个性，我对于诗人汤红辉的创作前景抱有很高的期待，相信并祝愿他能在未来的岁月里，创作出更多具有强大思想艺术冲击力的精品力作。

2022 年 4 月 9 日凌晨三点，写于珠海

谭五昌：著名评论家。北京大学文学博士。北京师范大学文学院教授。现任北京师范大学中国当代新诗研究中心主任，兼任贵州民族大学、西南民族大学、南昌航空大学等多所高校客座教授。自 2011 年起至今，发起并主持年度"中国新锐批评家高端论坛"。

湘西图腾映照下的文学灵魂本真

——评汤红辉诗歌

聂茂　唐煜薇

汤红辉以其含蓄深沉的诗风、闳约深美的诗语、圆融和谐的诗境，将湘西自然感触和思想感悟外化为地域文化的诗性抒写，在雄奇自然风光、土家精神信仰、神秘文化图腾的濡染下，实现诗人灵魂本真的暂时归隐，升华至人性与自我的关照。

自然风物擘画——神秘地域色彩的朦胧化

诗人汤红辉在湘西之行中写下了诸多诗篇，含蓄而深沉的诗风刻画了浑然天成的雄奇景观，表达对自然的敬仰和神往，"黑暗"意象的运用使得地域风貌的勾勒更具真实性。

例如《夜宿天门山下》一诗开篇："醒得太早 / 天下尚未大白"，看似平常的叙述，暗含自然景象的浮光掠影：来自湘东的诗人，寄居在此群山峰峦荫蔽下的一隅天地，如置身不见曦月的世外桃源，因此更可能产生"天未明"的特殊视觉感应，诗歌开篇就烙下湘西自然印象，天色雾霭沉沉，黑夜的终点，也是白昼的起点，为神秘地域文化的出场埋下伏笔。在汤红辉《夜宿天门山下》《此刻我正走在尘世的街头》《月光流过人间》等其他诗歌中，夜与黑暗的氛围和意象贯穿始终，是神秘地域和幽深内心的环境基调，构成了诗人独特的"黑暗"意象写作笔法，湘西神秘的地域色彩可见一斑。

湘西臻于幻境的山水之美、旷世之奇，其文学真实再现的难度极高。诗人尝试着以主观情感传递客观景象，如《天门山的雪》诗歌第一节："没有纷纷扰扰 / 这些雪只在树上停留 / 像我的青春只在谁的身边缱绻 / 天门山每一棵树每一个枝头 / 都是天堂"，满山的枝丫和梦幻般的雪景跃然纸上，"天堂"一词的落笔，更是赋予雪景空灵深邃之美感。另一首诗歌："请允许我把腰再高挺一尺 / 请允许我把头再低下三分 // 天门洞是天眼 / 上苍有好生之德 / 对世间事睁一只眼闭一只眼 // 任由天门山这般绝美遗世独立 / 任我们在这奇峰

秀水间羽翼丰满 // 只是仍心存敬畏 / 不敢在这山水间过于放纵 / 怕轻于肉身的灵魂找不到回家的路"，对自然风物的抒写突破了刻板描述的窠臼，而通过感性的抒情表达，搭建起现实景物到原始神性的桥梁，诗歌语言的朦胧化将阐释性和遐想空间留给读者，绝美遗世独立、灵魂安于栖息的自然环境更具有屈子《九歌·山鬼》里南国山泽"表独立兮山之上，云容容兮而在下"的神秘之仙踪、浪漫之凄婉。

湘西文化图腾——陌生化意象的使用

湘西经历了多民族文化的融合，僻远荒凉的山区形成了对外界现代文明的严重阻隔，也同时利于对古老文化风习和民间信仰的完整保存与原真传递。诗人汤红辉将民族地域物象所承载的精神寄托，入诗显现为陌生化的文化图腾、灵兽崇拜中的力与美、丧葬文化中的天道轮回，最终的指向都是诗人情感的外化。陌生化意象运用的典型诗歌如《此刻我正走在尘世的街头》："狮子轻轻抖落身上的月光 / 一步一步 / 优雅地向丛林走去"。如诗题所述，我走在夜晚尘世的街头，心中所想、思绪所至却是尘世之外的幻象，狮子、白狼、野樱在脑海中闪过，诗歌便戛然而止。陌生化的表达正是原始文化图腾与返璞归真之心的诗性呈现：狮子、白狼皆为原始的传统野兽意象，在民间信仰中一度扮演脱离文明和社会、权威高于人世的灵兽，这首诗歌的语言却描绘了唯美的意境和灵兽幻象，狮子与白狼在诗歌语言的一动一静、一刚一柔，归去的丛林和悬崖都是尘世和文明之外的神秘境地；两种灵兽正是原始静谧与粗犷概念的象征，成为永恒的图腾，而"野樱缤纷尚未飘落谷底"是遗世独立、脱离尘世的灵魂心悠。诗人在尘世喧嚣的街头如此渺小，但心中却住着图腾般无限的唯美、无穷的力量，诗中灵兽与野樱是力与美，是原始的狂放自由和自然瑰宝的象征，远离尘世的他乡有超凡力量与唯美的深藏。而"它们的影子在我身上交织"也含蓄地表露出原始力与美，是自我内心的外化，自我灵魂的暂时归隐。

另一首直接叙述湘西民间精神信仰的诗歌，《夜宿天门山下》（节选）："醒得太早／天下尚未大白"。张家界天门山被尊为"湘西第一神山"，流传着"天门洞开、鬼谷显影、木石之恋、独角瑞兽"等神秘和浪漫色彩的传说。诗歌集中体现了湘西民族与宗教特有的丧葬文化，以及背后蕴含的生死哲学："鼓乐齐鸣"。低沉的鼓声、激昂的奏乐交融，是生命热烈和死亡宁静的交接，用鼓乐齐鸣去诠释和迎接死亡，悲伤中透着欢欣，是对天命有常、人生轮回的安之若素，与海德格尔所提出的存在主义哲学具有异曲同工的思想。"存在先于本质"，人只要还没有亡故，就是向死而生，在此过程中，人能真实地感受到自我的强烈存在感，真正意识到死亡是宿命时，才能激发自我意识、自我思考和自我选择，即立足于死的视角来筹划"生"——以对"死"之畏而使生命更高远更深刻。诗中趁着黎明前的曙色入土为安，黑夜是静谧与安然的代名词，肉体已为枯槁，但灵魂如同朝阳却开始了新的轮回，土家人的出殡是在拂晓前后举行的，信仰有来生和新的轮回，将死者下葬之后才天亮为宜，路途中不可匆匆，意即死者平安"上路"。这场隆重生死洗礼过后，"薄雾"慢慢升起，淡淡的哀伤和浓郁的神秘色彩便如同薄雾笼罩着这座神山。

汤红辉以敏锐细腻的感官、历史视角的洞察，将民族文化的精神原点以诗意的方式表白，《天门山的雪》中"鬼谷子盘腿一坐千年／张良也不走了"，这样的诗句将湘西古与今、虚与实的文化图腾娓娓道来，朴实而真挚的文风呈现湘西魅力的一角，遗留给读者的则是文化图腾背后无穷的历史渊源和地域风土想象。

人性原真省视——文学灵魂的归隐

　　湘西山水之行，诗人所感的不仅是天地精华和文化苦旅，也是返璞归真的原始生命状态下，诗意灵魂的栖居和人性善恶的洞悉，其诸多诗歌中，含蓄地流露出对"善与恶""仕与隐""文明伪装与原始欲望"等人生命题的沉思。《夜宿天门山下》（见第二部分）："几棵树也像活着的人，静等天明 / 为各种名利奔走 // 天门洞睁着巨大的独眼，看山前，不语；看山后，不语"，诗人巧妙地运用树、天门洞的意象，言他物而意在此，树等待天明的生长，而活着的人却去追逐与灵魂对立的名利，等待的天明是与灵魂安居"黑暗"对立的，疲倦而狂热的名利场，天门洞所冷眼旁观的山前正是天明后的喧嚣与浮华，嘈杂喧扰让神山不愿多言，而山后是静谧的世外桃源，不应被打破的宁静，神山无须多言，这句鲜明的对比正是诗人借神山之笔，抒发自我"仕与隐"的情感倾向，而这种纯粹超功利性的功名观，正是文学灵魂暂时归隐的自然显现。

　　另一首诗歌亦为黑夜下的沉思，是人性真实的回归和自省。《月光流过人间》："高铁驶离结界 / 城市樱花雨落"，结界是佛教中在阵法的范围内形成防御罩，阻挡外来攻击的特殊保护区域，像琉璃一样清净无染，又像金刚塔城一样，让邪魔不能侵犯。"高铁驶离结界"具有广阔的阐释空间，一方面是道德防御离开了保护，受到邪欲侵犯，另一面则是作为社会文明体面人褪下伪装衣和遮羞布，直视最真实的自我人性。"请允许我做一个坏人"，正是诗人在皎洁月光和纯美山水的"天地明镜"照耀中，开始反观人性中"恶"的本能，返璞归真的夸张表达，在天地精华的试金石下，诗人认为所谓文明教化、遵礼克制的人，无论拥有多么冠冕堂皇的智慧和文化，本性中都难以避免自私利己的恶之花，陌生化的诗句充斥着浓厚的宗教净化色彩。作为社会塑造的文明人，在天门山图腾的映照下，敢于袒露文明伪装下暗藏于内心的潜流，做一个坏人，做一个远离钢筋水泥、循规蹈矩的人，但这并不是诗人的自甘沉沦，更不是堕落与屈服，而是对自我的深沉反思，作为善人依旧怀有"罪孽深重"的愧疚感。在思考本能善恶后，诗人把目光转向了赤裸人性与鲜活文明人的区别，"把诗歌当作经书反复诵读""为每个不幸的人捐一些碎银"，文明人与原始人的区别，就在于诗歌信仰代表的文化，募捐代表的社会情感。月光流过人间，是内心的洗礼和本真的回归，月光如一面明镜，照出了超越公共空间的灵魂之思。

湖湘故土情结——家园系列书写

拥有深沉故土情思的诗人汤红辉，创作根源基于湖湘大地的精神家园，以真性情、地域风光、人性善恶、文化源流为诗歌主体内容，其湖湘家园系列诗歌饱含对故乡的热爱与赞颂、对微观地域文化的发掘和传播、对传统文学根基的追溯，在当代文学的语境下，通过朦胧诗的呈现，湖湘地域文化再次走向读者视野。如《屈原》一诗："远离鲜花 兰草和庙堂／那匹拴在林中的白马 早已／回归故里／随身携佩的宝剑 长成／江边离离菖蒲／弃落山野的马鞭 魂化／成为葱葱艾叶"。诗人将屈原这一传统文学意象与当代精神融合，诗歌为一叶一蒲注入不朽的屈子情怀，在今朝缅怀与旧时悲景的纵穿中顿挫缓急，兼具历史厚重和艺术张力。在朦胧的意象群终点，诗人与读者对屈原及其象征的南楚文化源流达成共鸣，感召湖湘地域钟灵毓秀的风物，其情感真挚与历史厚度对于当代故土地域文学的写作具有启发意义。

聂茂：中南大学教授、博士生导师。

唐煜薇：聂茂教授的弟子。

还乡与灵魂
——读汤红辉诗歌近作

张绍民

接地气的诗歌，离不开打动人心之处。著名诗人汤红辉的诗歌，便很清晰、很确定地描绘了精神之光，为爱、灵魂还乡，对理想永恒家园展示出水墨之迷人香气。

有品质的诗歌，会显示出自己的高贵。诗歌是生命的发现，发现就是说出最为奇异的事情，别人没有说出来的内容被说出来了，就显示出发现的神力。汤红辉的诗歌，便有这种无形的魅力存在。

灵魂回家是最重要的事业

很多人写张家界天门山，这很好，热闹又热情，但在写天门山的诗歌中，比较而言，汤红辉的一首写天门山的诗歌脱颖而出、与众不同，有自己独特的品质，因为它写出了更高的境界，写出了更高的高度。

《天门山》一诗写道：

"请允许我把腰再高挺一尺 / 请允许我把头再低下三分 // 天门洞是天眼 / 上苍有好生之德 / 对世间事睁一只眼闭一只眼 // 任由天门山这般绝美遗世独立 / 任我们在这奇峰秀水间羽翼丰满 // 只是仍心存敬畏 / 不敢在这山水间过于放纵 / 怕轻于肉身的灵魂找不到回家的路"。

好诗读过之后，就感受到了其中的光。有光、发出光的诗歌就是好诗。此诗写出了人与山水的交流、人从山水身上获得的力量，体现出山水自然对人的引导。眼前山水对人的引导是把人引导到永恒的完美山水。在这首诗里，更高的能量在于，写到了本质，写到了灵魂回家。大量的山水诗、生态诗歌、旅游在路上的诗歌都只写到了"面"，而写到本质的诗歌就是此诗。

看山、看水，是山水为镜之清流洗涤目光、洗涤心灵，得到美与创造的灌溉。

在一座山面前的态度，诗歌一开始写出来了："请允许我把腰再高挺一尺 / 请允许我把头再低下三分"。敬畏造物主的作品，就是敬畏造物主的大能，神奇山水都是神级艺术，山水皆为神之杰作。

好山好水让人挺直腰杆，好山好水，让人低头敬畏。好诗写出好山水的神韵，好诗写出天门山不一样的光辉。

天门山，顾名思义，有门、有洞的山，对天门洞的比喻，在诗歌里很多。但这里的诗歌写到了独到的一面："天门洞是天眼 / 上苍有好生之德 / 对世间事睁一只眼闭一只眼"，山水自然莫非吾身，山水自然、万物、宇宙这一切万有都是造物主起初的作品，都是为人而设、为人而造，一切都是为了人有一个广阔、得体、足够的家园。

因为人的局限，因为人的肉身太有限制，这一切广袤的家园、山水自然对人都是怜悯，哪怕人对山水自然不尊敬，但山水自然万物反过来却是以德报怨。

这里的诗句写出了山水自然对人的怜悯与坚持对人的厚待帮助，写出了与别人不一样的慈悲，写出了山水自然的作者对众生的爱。

山水之美，让心飞翔。群山如翅，带人飞入天堂。真正的山水是永恒之美，永恒的家园是新天新地境界。

山水的全新之美，可谓我心飞翔："任由天门山这般绝美遗世独立 / 任我们在这奇峰秀水间羽翼丰满"，如天上完美家园，人心仿佛呼之欲出的日出。好风景、神之作品，带来心旷神怡。好风景看到自己喜欢的人，也要飞起来一般。

灵魂之飞翔，在于回家之喜悦。人心长出翅膀，境界到了天堂。在奇峰之美面前，在山顶，都有飞的欲望，灵魂都欲展开翅膀试图飞起来。

从灵魂的境界回到肉身的局限，诗歌很清醒地回到了现实之中，在山水的怀里，要注意肉体的安全。清醒的诗意写道："只是仍心存敬畏 / 不敢在这山水间过于放纵 / 怕轻于肉身的灵魂找不到回家的路"。我们身体的飞翔，在于肉身经历百年人生之后，灵魂飞回起初生命的故乡。

人的灵魂能够还乡，这是值得的人生。永恒山水召唤人的灵魂回家，要听从这召唤，让人一生获得愉悦的客旅。

不一样的《天门山》一诗，更注重灵魂的归宿，注重肉体与灵魂的皆辩证关系，注重本质的意义。

《天门山》一诗写出了灵魂回家的声音，写出肉体面对的生态与灵魂面对的生态，境界不一样了。这首诗为张家界生态、旅游诗歌添上了重要的一首，如果精选选本，选出写张家界旅游生态的自然山水好诗歌，这是其一。

屈原之脸是一颗心的生态表情

屈原对于汉语诗歌的生态，有其坐标。

他问天，全是问题，追求我是谁、我又该如何。问天的问题，说明了人无法回答自身，人无法解决自己的问题，唯独生命本身能够回答人的问题。天之上，有询问的归宿。天之上，神之所在，神是人的答卷。诗人应该像屈原勇敢追问人与生命的本质，而要得到人生与诗歌的正确答卷，就需要生命本身来回答。

屈原是追求神性的诗人，但不忘记人间苦难。这就是一个大诗人把高处与低处统一起来。甘霖从天而来，就是大道来人间，给予答案。大道如甘泉从天而降，带来洗礼，甘霖解渴，要珍惜接受洗礼与解渴，顺着雨水飞起来回到天上。

写屈原的诗歌很多，一个独特的诗人总是能够写出一首诗的独特。诗人独特，才会有诗歌的独特。独特思考，产生独特价值。《干瘪橘子是屈原标准的瘦削长脸》一诗写道："陡岭路两边栽满了橘树 / 黄色橘子在初冬枝头独醒 / 无人采摘 // 早几日去拜屈子祠 / 一群着古装的孩子在朗诵屈原的代表作 / 而整个屈子书院找不到一棵橘树 // 其实屈原只在五月的水域安睡 / 龙舟的木桨和粽子击水的声音 / 是楚国宫廷

奏乐 / 大多数时间他在结满橘子的云端 // 陡岭路的橘子一个个干瘪而满是皱纹 / 那是屈原标准的瘦削长脸 "。

巧妙的构思，从现实到追问历史、从怀念到思考诗歌的本质，一气呵成，我们甚至联想到《亚洲铜》，联系到海子写屈原的鞋子是一对白鸽，联想到很多写屈原的诗歌、历代写屈原的诗歌，就知道这一首写屈原的诗歌很奇妙、有思想，思考如何做一个真正的诗人。真正的诗人，在中国，如屈原、陶渊明、曹操、李白、杜甫、苏轼、王维等；在欧美诗人那里，如但丁、歌德、弥尔顿等，我们看到永恒性的诗人具有永恒的神力。

从这首诗里我们看到了发现的奇特力量，发现是在司空见惯的事物里挖掘出甘泉、挖出人们遗忘的本质之美。

一旦为真理而代言、为真理而努力的诗人写出经典的诗篇，诗人的面貌就作为了阳光的调色板。诗人要具有真理的面貌，清晰说出真理的威严，仿佛日出的脸打开霞光万里。

诗歌一开始，陡岭路的橘子树其果实颜色就是一种描绘的醒目。橘子的颜色如同黄金的火焰燃烧，橘子如同一颗心在静静地燃烧黄金的野兽。

诗歌写道："陡岭路两边栽满了橘树 / 黄色橘子在初冬枝头独醒 / 无人采摘"，橘子如心，无人采摘？诗人之心的高贵，被物质利益的尘世之心遗忘？用客观存在的景象带来内心激荡、对心灵的追问。所有外象，无非内心投射的景象。许多美好的内容就在眼前，被人忘记。人们追求形式而没有得到内容。

辨认事物的面貌，在应该有的地方，却没有；在应该找到的地方，却没有出现。对橘子的寻找，就是一种对心境的寻找。

诗歌说："早几日去拜屈子祠／一群着古装的孩子在朗诵屈原的代表作／而整个屈子书院找不到一棵橘树"，内心的生命树，在现实环境里面、在现实空间里面很难找到一一对应。尘世是娑婆世界，都是遗憾与暂时，都是昙花一现无永恒。

现实里找不到的树，就让灵魂来完成。完美的灵魂之树就是一本灵魂之书站立打开树叶的一页页。

诗歌回忆与表达了屈原人生的结尾、后世人们对他的追忆与怀念："其实屈原只在五月的水域安睡／龙舟的木桨和粽子击水的声音／是楚国宫廷奏乐／大多数时间他在结满橘子的云端"。诗句在这里，写出了历史，写出了现实，历史与现实的交织，都是因为对一名诗人的热爱。现实是过去推动的历史，未来是现实推动的回忆与档案。云端的位置，是站得高、看得远、具有崇高的品质。天上的力量在于天上的视野广袤全面。永恒之高，在云端。

一名真正的诗人会给更多的人带来思考。

一名真正的诗人告别尘世，肉身不再，肉身是局限，肉身不能坚持永远，而诗歌作品可以延续一个人的存在。关键在于真正的诗歌质地都是为了灵魂回家而招魂，传达"道"对人的召唤。在"道"面前，人是游子，游子要还乡。

真正的诗人在高处，灵魂在高处，进入崇高位置的诗人才是真正的诗人。诗要完成灵魂还乡的召唤任务，要完成大使命。

对一个真正诗人的思念，是让他在历史中的面容清晰起来，诗人的脸就是诗歌的脸。一个人真正的脸要恢复真理的面貌，诗歌的使命就是让人的面貌恢复永恒生命的面容。

诗人对诗人的追忆，就是让一张真理面貌的脸新鲜、实在、呈现爱的形象："陡岭路的橘子一个个干瘪而满是皱纹 / 那是屈原标准的瘦削长脸"。读了诗歌，我们不禁要问：屈原是怎样的脸？一个真正的诗人应该是怎样的脸？一个诗人的脸有着水果的品质，属于给人带来甜蜜的内容，但水果外表历经沧桑，脸成为一把刀的表情，经过了时光的打磨。

回到现实之中的陡岭路，橘子的脸经历风雨而沧桑，唯有经历世间的坎坷，才能明白尘世之脸的表情。诗人的脸承担了时间在人间的表情，更表达了历史的脸谱。

一首诗把历史、现实、怀念融汇，带给读者的是提出追问：一个诗人应该怎样完成诗歌的大使命？怎样让芸芸众生得到自身人生真实的面容？

《干瘪橘子是屈原标准的瘦削长脸》一诗是对东方语境里面、时光深处中的诗歌之思、诗人之思。

一个当今的诗人如何看待在立足现实之点上，如何回顾往昔岁月之中的经典诗人？找到光一样的内心面貌，诗人经历所在的时间段里面的尘世浮沉，是为了更好的心灵面貌还乡，变为光的面容。

诗人应该有永恒之脸，就能够具有辨识度。

心飞成鸟

尘世岁月，回家是人生的惬意；灵魂在人身上，如同在器皿里，也需要一个归宿。现代文明集中在城市，水泥、钢筋、玻璃的冷酷，让人们变得十分冷漠。城市掠夺自然，与自然隔绝，是现代文明的诟病。人心要在自然里，才会接地气、有生态之心。

人在水泥森林里面，失去了更多的绿色。真正的城市一定绿，一定生态，一定是完全理念、全新天地一样的新城。呼唤新城有永恒之生命，人在永恒之城里面，有永久之生的境界。心在城市水泥森林，挣扎为一个干涸的泉眼。

《城市里飞来一只催我回家过年的斑鸠》一诗，写出了内心要回到自然乡村才会有心的回归与安顿。

母爱是心之巢穴，儿女如小鸟长大，羽毛长出树叶，心如飞鸟依旧停泊在母亲身边，而母爱之心亦如爱之鸟，飞来城市里儿女的身边。

这首诗写道："风雪都停了 / 我站在浴室水龙头下 / 新年的阳光从玻璃上缓缓穿透过来 / 一只斑鸠站在十七楼的屋顶咕咕叫着 // 这让我乡下房前屋后的斑鸠 / 它们曾经消失了好久 / 任凭屋场上的秕谷腐烂成泥 / 如今它们又随着日渐恢复的生态飞回 / 继续唱响'和尚打豆腐'的传说 // 乡下的斑鸠都已飞回了 / 城市突然飞的斑鸠 / 是不是母亲派来的信使 / 催我们回家过年"。

读过之后，就明白：从具体的描绘里展开丰富、现实、接地气的内心与情感；从自然面貌、自然景象里面，切合人的情感。看到自然里的花花草草、虫鱼鸟兽，联系到人的心、情、意，表达己心之还家。

全诗展示出人、城市、鸟、岁月、乡村、老家、母爱……画面立体、视野多维、情感朴素，说出城市里的乡愁有乡村的归处。这就是看得见的乡愁了，这就展示了乡愁之美，这就是儿女与父母互相的思念了。

人在社会里、岁月里的一切意义，都是回到一个生命光明的家中。

这首诗写得很具体，通过具象写出人本质需要什么。这是乡愁的画面打开生活视野："风雪都停了／我站在浴室水龙头下／新年的阳光从玻璃上缓缓穿透过来／一只斑鸠站在十七楼的屋顶咕咕叫着"。风雪是气候，在浴室、水龙头下，说明人没有衣服穿在身上，新年的阳光如同全新的皮肤。阳光穿透玻璃的尘世骨头。一只斑鸠，一只鸟，如同心一样，如同一个泉眼，如同爱的呼唤。

十七楼，具体的高度。人站在空中，人要回到地上，接地气。人在空中，心要如回家的鸟一样表达。

一年新开始的时间，是一个新的启程。生活的具体空间一目了然，人在环境之中，是情感的容器。人的情感总被周围的食物所牵引。人是环境下的词语。

人的思维随着周围环境而牵动、变化。鸟担任了人外在的心。一颗外在的心提醒人的思考。

为此，诗歌说出了人对乡村老家的思念、回忆："这让我想起乡下房前屋后的斑鸠 / 它们曾经消失了好久 / 任凭屋场上的秕谷腐烂成泥 / 如今它们又随着日渐恢复的生态飞回 / 继续唱响'和尚打豆腐'的传说"。对老家、故乡的眷恋，是通过一只鸟作为导航而表达。有好的生态，乡愁就有归处。

心之快乐莫如一只鸟。心之安慰莫如恢复心灵生态，心灵生态的恢复就是建立一个生态文明的大自然有永恒山水之乐。

从城市斑鸠联想到乡村斑鸠，想到自己的老家，想到岁月里生态的变化。曾经的环境让鸟都不能在乡村自然里获得生存机会，通过生态的回归，鸟如同心回归。

有好的生态才会有好的心情，才会有好的快乐从新的泉眼里流出来。当自然之心无处安身，自然就成为废墟。当自然之心回归，如同关键词重新回到字典里面。人亦如此，人从起初出发，要回到起初之心，回到起初的青山绿水。重建废墟的自然，再造完美的新天新地，生态计划里面，恢复永恒之美。

让一颗心飞出胸膛，飞出来，唱歌，唱新歌，唱赞美诗，唱新天新地的歌谣。

一颗乡村之心，是造化之恩典。城市里的鸟鸣是乡愁的胎记发出的声音。城乡二元在人的生活里，能够和谐解决思念与乡愁。诗歌更在乎老家母亲的牵挂，汤红辉写道："乡下的斑鸠都已飞回了 / 城市突然飞来的斑鸠 / 是不是母亲派来的信使 / 催我们回家过年"。诗歌的结尾与开头呼应，一首短诗建设了完整的乡愁路线。

儿女是母亲心里飞出来的小鸟，要归巢，就能完成乡愁的答案。

一只斑鸠作为关键词完成了乡愁的诗意，完成了一种牵挂的解决方案。

《城市里飞来一只催我回家过年的斑鸠》一诗，让岁月中的人知道要去哪里，才是正确的归宿。

人回到爱的本质里，只有爱的本源才能把人带回家中。在岁月深处，人跟随正确之心的呼唤，在爱的动词里还乡。

诗意还乡，理想的栖居

一定有一个无限容纳人的地方，理想的家园具有永恒之魅。一定有一个让人觉得安放今生的所在，那就是一个打开无限的容器。村庄就是一个打开的词语，它接通天地、山水、自然、万物、星空与天上的家园。

天上的家园落满在村庄里，如同雨水赤脚走在村庄土地。人需要肉身人生在天空之下的一个理想的居所，这是天地之间一个词语的空间。

时光不能保存，人无法保留今生，但人可以被永恒之家、被生命保留。回到理想所在，回到理想的村庄，使人之劳顿得到抚慰。

人可以实现时代的梦想，得到幸福而惬意生活，美好的日子、美好的家园就是展开活着朴素的歌谣。《回到村庄》一诗写道："在庭院撒满鸟语／任花儿在风中飞／每一场雨落或者天晴／都不再突然／／我们赤脚在泥土上奔跑／回到胞衣地的村庄／在菜园种下每一粒种子／然后掰着手指头守候秋天／／蓑衣竹笠挂在墙上／我们在一杯清茶里抚琴／或者捧出书本／面对窗台上的香兰／慢慢把日子打开"。

这是一代代人的归园田居，有一个理想家园回去、衣食无忧地回去、灵魂得到安放回去，是奢侈的回去。

我们都要回去，带着有限的人生，带着不会重来的日子与身体容器，带着生命在自己身上的更新，我们追求回到永远的幸福里。

重返村庄，重新回到长大的地方，回到自己出生的村庄，是一个诗人快乐而复杂的情感。大地上出生的诗人，有一个村庄，这是生命的祝福，是人生一个密码所在的地方，出生是密码的打开。

一个人回到出生的村庄，是一种回到童年成长的回忆里面，回到重新塑造的出发点。人的确一直在要求自己回到出发的原点，回到永恒生命里面——理想的生命完美之所。

人要回去的"村庄"是一种理想所在。诗歌开始写出了完美的还乡快乐："在庭院撒满鸟语／任花儿在风中飞／每一场雨落或者天晴／都不再突然"。住在自己平安之所，肉体安稳、灵魂有栖，此生幸哉。

诗情画意的庭院都是我们所向往的归宿，鸟语花香，雨水也是快乐的乐器，晴天是阳光如同泼水。日子的美与安静，都因为心如磐石般坚定，真可谓定力十足。真正做到岁月静好，安静在自己的村庄，谁不喜欢呢？

回到出生地的兴奋，用奔跑、播种、耐心等待秋天的收获，岁月在等待之中带来丰收。

"我们赤脚在泥土上奔跑／回到胞衣地的村庄／在菜园种下每一粒种子／然后掰着手指头守候秋天"，天真回到了一双脚上，踏实回到了劳作上，宁静、没有恐惧回到了心上。没有惧怕的岁月才是真正的岁月静好。

赤脚是一种真正的接地气，是一种童年的回忆重新复活，赤脚从泥土里长出来，人是泥土做成的器皿，是泥土里长出来的庄稼。胞衣地，为泉源之地，是起初的人生意义。胞衣地如伊甸园的原点，人回到生命的种子所在地，耕耘，敬畏，开心。

春天是种子的季节，春天是爱之种子的出发、发芽。多种的多收。对丰收的等待，等待镰刀的日子，有耐心的甜蜜。人要有秋雨之福，要有秋光璀璨如春。

一切重返显示了回家的理想。对待风雨，就像迎接珍贵的客人一样。蓑衣、竹笠挂在家里墙壁之上、挂在悬崖峭壁也有宁静。诗歌如是："蓑衣竹笠挂在墙上 / 我们在一杯清茶里抚琴 / 或者捧出书本 / 面对窗台上的香兰 / 慢慢把日子打开"。在美好之家，听音乐、读书，都是惬意。身心俱佳，都是福音。

安静平安的家里，一杯清茶、抚琴，甚至是心里的琴音也是对生命本质的致敬。什么样的书值得人生打开？唯独人生唯一的说明书，有花、有书，一本书打开一棵生命树，成为生命树的一片树叶就有永恒之福。

《回到村庄》一诗是回到理想的环境，回到没有苦难、压力的平安之所，如同进入了天堂一样。美好的村庄，美好的存在，是天堂的投影，美的所在。

诗歌表达了回到终极幸福天地的意境。我们都想活在没有病痛、没有忧虑、没有泪水的地方。

每一首好诗都是一个村庄，进入村庄，身心得到安慰。在一首好诗里，喝茶，读书，唱歌，赞美光之盛大。

也许，一个诗人的忙忙碌碌掩盖了他诗歌的宁静。好诗就是心灵的好栖息地。我们在那些没有刻意凸显自己诗人身份的人那里，读到了宁静的生态。

一个真正的新闻要找到兴奋点，诗歌也是如此，一首好诗都会提供一个泉眼，汩汩流出甘泉。

汤红辉的诗歌有着自身很好的质地，有本质、有理想、有情怀，引起共鸣，因为这样的诗歌代言了城市文明生活里的乡愁、回家、身心的安放。

这样一位诗人的一些作品，表达了来自内心的抒情，为灵魂而歌唱，为回家而还乡。诗歌作为心之骏马，抵达圆满。

张绍民：1997年参加《诗刊》青春诗会，在《星星诗刊》《诗潮》《散文诗》《绿风》等刊物发表作品。获得过《人民文学》《诗刊》《儿童文学》文学奖、冰心儿童文学奖佳作奖等。出版《村庄疾病史》《刀王的盛宴》等长篇小说。

汤红辉：穿梭于古典与现代间的行者

煜儿

现代诗歌已经百年，诗坛流派纷呈，一派繁荣景象，诗人们熙熙攘攘，来来往往，自娱自乐或者自命不凡地在语言的组合中寻找另一种形式的存在，不亦乐乎。但是，何为诗歌呢？仅仅是排比、比喻的分行？还是热烈词语堆砌出的深度抒情？

"诗歌——这不仅仅是语言。它能躲避腐朽，但不能躲避毁灭，因为它也经常遇到我们大家面临的危险。然而它是唯一的，无疑能战胜腐朽死亡的。"

每个人都有自己的语系拼图。只是并非每个人都可以拼出夜晚对大地礼赞的星空。

微信的普及奠定了信息茧房形成的基础，而智能算法的个性化推荐，更增厚了信息茧房的壁垒。但是，一系列"黑天鹅"事件，击穿了个人化茧房空间，离开舒适区进入同一事件场域后诗歌这种文本除了为某些事件发声、对抗黑暗外，一些差异化强烈、自带辨识度且关注生命普适状态下个体化的文本，无疑也在逐渐引起关注。比如汤红辉的诗歌。

现代诗语言的丰富性以及意象的多层次性更多借鉴于西方诗歌，但是在汤红辉诗歌中中国符号尤为显著。比如《静坐塔克西拉古城》这首诗歌中，面对这座具有 2500 年历史的著名古城，举世闻名的犍陀罗艺术的中心、佛教中心，诗人以东方文化衍生情愫，挥毫浑厚恢宏的句子重现"唐僧"音容，勾勒出精神文化遗址。诗中，"我"化身迟到的沙弥从历史纵深处，走到巴基斯坦的塔克西拉古城中的"唐僧谷"，面对"当年玄奘参禅讲经"而"静坐"，读者也跟随一位通透灵魂游弋于此，"隔着的不是千年盛唐"，隔着的是"一片莲花海洋"。至此似乎看到一位无疆行者，双脚行走在异国路上，心灵却从五千年古典诗词文化中积淀出守望，渴望战火被"莲花海洋"熄灭，巴基斯坦的人民可以重新过上和平安乐的生活。这首诗歌并没有语言的求新求异，也少有隐喻，平淡的叙述中饱含热泪，为他国人民的痛苦祈祷，祈祷以"唐僧谷"为桥梁度民众可以超越炮火连天的残忍现实。诗歌折射了诗人爱的愿望，也彰显出诗人的文化修为和善良厚朴的道德品质。

诗歌是语言艺术皇冠上最珍贵的宝石,而语言在时光的河中流淌过坚硬粗粝的各种存在,时空孕育了诗歌的大美。《静坐塔克西拉古城》这首诗也映衬了时空经纬交织之美。

单向度的时间阐述性语言,可以穿越空间壁垒,在某些方面引人入胜。包括单纯空间拉长的语义延展,也会营造出玄妙的所在。但是这些美往往无法将双脚踏在大地之上,更难以经受岁月的大浪淘沙。在汤红辉时空交织的双向度书写中,由自身新闻行业体悟出的独立行者精神,进而在一些关注社会性问题的文本中引发对未来关注与自省的勇气,给予诗歌一种英雄气概。比如诗歌《只有初冬暖阳是平等的》,开篇白描出病人的众生相,"湘雅医院门口前坪左侧车道空地上 / 汇聚一群来自乡下的面孔",然后从他们的状态着墨,"不停抽烟""疯狂嚼咬""吞着干冷苍白馒头""吃着只有盐味的廉价盒饭",此处已经让读者进入一种悲情的情绪中,但是,行者诗人的脚步没有停止,人间的悲苦也不止于此,"他们手放口袋里抓着只有几枚硬币的钱包 / 她们拿起手机不知该再拨打给谁",读者和诗人笔下的人物同时涌出"自己都不知道"的泪水,结果呢?诗人笔锋一转"只有初冬暖阳照在他们每一个人身上……也不收费",暖阳在文本中让读者感到分外悲凉。诗人在这里并没有流俗说"医患"

矛盾，而是将同情洒在了如鲁迅先生所说"无穷的远方，无数的人们，都和我有关"的陌生人身上，体现了诗人的悲悯情怀。勒内说"诗人是无数活人的容貌的收藏者"，恰恰说明"诗人"这一群体，需要通过丰富生活实践来炼化由己及人的悲悯，最后盛放一花一世界的大慈悲。慈悲是诗人诗歌城池的边界，这种边界是人类共通的情感，同时也是继承中国古文化诗人的人文基因。诗歌也是因为这种情怀承载了仁人志士的一腔热血。

《九尾冲的雪》中，"把诗和心事收藏起来"等待落雪，向读者阐明"九尾冲是长沙城区一个美丽的地名"，这里曾经有过美丽的传奇，有过瑰丽的传说，但是，现在在诗人眼中这个作为故乡的地方和他乡却毫无区别。诗人要雪再下三尺，积雪深厚遮掩"人间的沧桑"。这些存在为何会将诗人的"故乡"九尾冲与"他乡"混同呢？人间的沧桑为何需要积雪掩埋呢？以诗歌构造秩序之物，不为自我文本的流行，只想引发读者思考，这在诗歌文本中，非常难得。这里就显现出汤红辉诗歌强烈的差异化存在，并且，可贵的是诗人在现代诗坛浮躁盛行，为了得到速读推崇而同质化越来越严重的情况下，抱朴守拙，自觉抵制并保留这种差异化存在，让我们阅读诗歌产生诗歌阅读的仪式感，让诗文本与流行文字真正区别。

由于新闻工作的特殊性，汤红辉还有《华盛顿的国家广场有个马丁·路德·金雕像》这一种类型的诗歌。"在神秘的白宫和五角大楼前／我们曾与麻雀友好对话"，诗人和"麻雀"对话，麻雀一直以庸俗大众的象征意义存在于诗歌的意象中，但是，诗人宁可与麻雀对话，也不愿意将神秘的白宫和五角大楼中的人或物入诗，体现了诗人对诗歌的珍爱。下一句"在美国国家美术馆里／我们与凡·高自画像长久对视"更加重了这种珍爱。而在美国路过国家广场，诗人忽然对白色马丁·路德·金石像深感亲切，亲切的来源是这个雕像"他的身体里流淌着湘人的血液，每次经过／我都仿佛听到他用湖南方言向我们打着招呼"，因这个雕像出自"湖南人雷宜锌之巧手神雕"。诗人的赤色情怀从诗歌里呼之欲出。艺术无国界，而诗人有国家。写到这里，不知怎么忽然想到易安居士的"生当作人杰，死亦为鬼雄。至今思项羽，不肯过江东"。灼灼清辉光耀千古，以生命以热血保持日常所作所为的纯洁性，来为祖国一生歌唱。

理想的光能否照进现实？实际生活中，呐喊往往变成了梦呓，在诗人汤红辉这里，却呈现高度的统一。《心事如莲》中诗人以荷花自喻，"等待多年的心事／迟迟不能释怀开放／

粉红的花苞／是遇见时会红的脸”，而在诗人绽放自己前，只需要“你一定要来”这个简单的客观条件，加诸自身诗人会为此成为“开得最灿烂最长久的那一朵”。素朴的感情观和诗人之前的独立行者精神统一呼应。

《归来》中诗人“以梦为马”时空穿越，纵使遍布灰尘，深感疲惫，“母亲的红薯和小米接纳了我”，诗人在琴声中打开一本诗集，“听听文字中那些关于人民／挺直身子奋力前行的声音”。不着痕迹地谱写一曲家国情怀的礼赞。《我流落人间奔走》中，诗人“向天空抛掷数枚方孔铜钱占卜未来”，“灰沙弥漫却听不见飞驰马蹄和飘飞衣袂”，风雨交加中，橘树落尽繁花，那么诗人是否伤春悲秋呢？“今夜风雨无情……择一瓣落英结拜兄妹／／互诺此去经年花开／月朗星稀再树下隔空对饮”豪迈之气力透纸背，诗人自己道出原委“从此我流落人间奔走／如同橘树开花不仅是为了修成正果”。诗人的脚步从未止息，行者无疆，从日常经验性主题出发，让守护河山的人生理想成为日常生活的注脚。

最后，通过对汤红辉的文本阅读，发现一个很明显的特征，这也是很多诗人作品中比较缺失的，即独立精神下对亲情的深沉书写。《谨遵母训》《梅山》《她用同样的方式报复了我们》《父亲的喷嚏》自不必说，这里可以罗列一个《好好读书》，这首不同于那些贩卖留守儿童眼泪的诗歌，而是从一纸高中录取通知书可以和父母一起生活的留守儿童的真实状态入手，平淡记录"他来到城市和父母一起生活 / 吃一元钱一把的空心菜 / 住租来的拆迁房"，后用自身境遇来烘托出到城市后的留守儿童面对的现实生活，"这个夏天有些变态 / 经常停电考验人的体魄 / 吃完晚饭躺在空调下想起侄儿冬冬 / 不晓得那间拆迁房停没停电 / 电话接通后他懒懒地说 / 一个人在家没看电视 / 准备送钥匙给正在上班的妈妈 / 然后去爸爸上班的地方玩一玩"。现实生活经验中，小孩子遇到大人问他在干吗，一般都说自己在学习，但是，一般城市儿童会回答没有玩手机、电脑，而同龄的留守儿童"冬冬"说自己"没有看电视"，一句话揭示了城乡儿童的生活状态差距。而后诗人"在他懒懒的口气里 / 可以听出一些无奈和失望 / 农村的孩子毕竟是农村的孩子 / 城市生活改变不了留守儿童 / 当兄弟姐妹们在城市靠努力工作改变命运 / 我只想对侄儿说 好好读书"。"懒懒"这个词在这里极妙，准确刻画了留守儿童对于和父母共同在城市中生活的失落，这和诗文前面大人定论"竟觉得如生活在天堂"形成冷静又不失尖锐的对于农民工二代生活问题深刻的疑问。这些城市的建设者，他们自己生活在城市边缘，他们为之努力打造的城市可否接纳他们努力的孩子呢？诗人如行者般，不仅涉足远方，也关心身边人，从爱心发散出大的社会性命题。这一点颇值得我们现代诗人学习。

　　煜儿：中国诗歌协会会员，河南诗歌研究会会员，长淮诗社副秘书长，世界诗歌网河南版副主编，商丘诗歌协会理事。作品散见于《星星》《诗歌月刊》《鸭绿江》《诗潮》《诗歌地理》《诗周刊》《作家导刊》等。

在城市与乡村之间吟唱故乡

——读评汤红辉诗歌近作

张四连

故乡是现代社会中喧哗与骚动的城市生活的对立面，每个人心灵的故乡与物理意义上的故乡往往交织，让人难以辨别，却有着纯粹、自在的高贵质地，在人生脉络里，呈现着一种貌似远离而有着血脉相连的独立姿态。

在汤红辉的诗歌里，故乡是母亲种植的"红薯"，是催他回家过年的"信使斑鸠"，更是"给先祖祭拜／为父母庆生／完成人生所有的仪式"，清晰可触的细节如细密的针脚，织进流动的乡愁。

他以简洁的诗意、情理兼具的个性，写故乡莽莽大地上善良小人物的悲喜之情，行散之迹，写他们的爱与希望，写他们的怀旧与逆行，意随笔到，笔落形出。

他对故乡广阔而深邃的爱，"在这良善洁净的人间"，似要将故乡握在手里，支撑他半生归来，仍能乘风破浪。从他笔端娓娓流淌的故乡情愫，带给我们的温暖与惊喜，是平静白昼里的沸腾，是广袤黑夜里的呼喊。

"想起年前曾许诺一位邻居 / 待到春暖花开 / 择一月白云淡夜回乡喝茶 / 他家院内撑天橘树 / 此时应已繁花如星 // 而留守祖屋的父母黎明即起 / 用扫帚轻扫隔夜落英 / 一转身又飘满半院鸟鸣"（《橘子花开》）。

《橘子花开》是一首恬静的家乡小夜曲，守着祖屋扫落叶的父母，他与友人长日消磨，在院子里喝茶闲聊，好像什么也没有做，又好像什么都完成过了。诗歌不作激越昂扬之调，安静从容却蕴藏着生命本真独特的面貌。那些在家乡的时光，如潺潺流水，孕育了一个小男孩与世界的邂逅初撞，而成年后内心涌动的永恒乡情，陪伴他走向远方，也让他不断在诗歌中回溯、讲述，听那橘树下的风声摇落片片往事，温柔地返回自身。

汤红辉的诗歌记录生命走过的道路，故乡不是回不去的地方，而是离不开的原乡。思乡与诗情紧密相连，闪烁在心灵涤荡之处，像"窗台上的香兰 / 慢慢把日子打开"，始终蕴藉着蓬勃的生命力，温暖着远方的游子。而故乡的一草一木仿佛都视自己为生命，即便在伟大的时光之手的雕刻下，也不曾疏远，如《回到村庄》："我们赤脚在泥土上奔跑 / 回到胞衣地的村庄 / 在菜园种下每一粒种子 / 然后掰着手指头守候秋天"。

过去的生活是今天的一个缩影，有时候，我们总以为自己曾走出很远，蓦然回首，兴许还是停靠在原地。在他笔下，乡愁是自然的，是恒常的，也是浩瀚的，少有悲春伤秋式的空中楼阁描摹，多以深厚的情感陈述小人物的命运遭际，真挚而深沉。《我的哥哥是民工》属于写实类作品，通过白描手法用力铺开农民工讨生活的艰辛："我的哥哥 / 早几天刚过完 35 岁生日 / 参加宴会的　都是一帮搬运工"。这群时代的拓荒者背井离乡，为建设美好城市挥洒汗水，遭遇不公却投诉无门："哥哥电话把我吵醒 / 他说因为班组里一点小纠纷 / 被另一个公司员工打了两拳 / 下体还挨了狠狠一脚 / 但识大体的他没有动手 / 并喝退准备动手的其他兄弟 // 在调解会上 / 那个公司的领导极力推脱责任 / 而哥哥公司的领导在打圆场 / 说　没有出血道个歉就算了 / 哥哥和他的兄弟 / 为自己公司领导的态度 / 极度气愤 // 在那一刻 / 看着身穿红色马甲的哥哥 / 以及马甲上'华夏搬运'四个字 / 我猛然知道 / 哥哥还是弱势群体"。

这样的诗歌场景描写，更近似于一个独幕情景剧，将情感藏于具体的、直接的叙事情境之中，有血肉，有筋骨，更有无法藏起的伤痕。作者对社会现实有着痛切的关注和清醒的认知，看着自己所热爱的农民工兄弟，在强大的现实秩序面前，以谦卑而坚强的生存姿势委曲求全，既有对哥哥的担忧，也充满无奈，唯有将呐喊鼓呼如实地反映在诗歌里。作者没有对农民工群体的悲苦境遇进行无节制的渲染，而是扩大到对他们坚韧的生活意志的礼赞，更能引发人们对当今社会弱势群体遭受不平等待遇的根源的探求，启人智思。

在激荡的城市化进程中，产生了留守儿童这个特殊的群体，而随着时间的推移，这些隔代教养的孩子也将离开农村，进入城市读书、谋生。作者写初中毕业的侄儿冬冬，拿到高中录取通知书，来到父母务工的城市，住租来的拆迁房，吃一元一把的空心菜，字里行间满是辛酸与不易："侄儿冬冬 / 幸运而又不幸的成为留守儿童 / 在远离城市的乡下 / 由爷爷奶奶带大 / 并读完小学又上完了初中 / 而他的父母 / 却在城市幸运而又不幸的当上农民工"（《好好读书》）。

城市依旧忙碌而美丽，在历史洪流的裹挟下，千千万万的农村少年"侄儿冬冬"的未来出路又在哪里？诗歌追问现实、解构现实，却无法拯救现实，无法成为解厄避难的良药。作为宗亲长辈，他唯有勉励侄儿好好读书，励志立身做对社会有用的人。无论个人如何成长发展，故乡连接着人生的来处、希望和命运，也回应着流动的时光和变化的世界。

乡村与城市的割裂与融合，诗歌与现实淋漓尽致的碰撞，既魔幻又现实，有五彩缤纷的一面，有令人困顿迷茫的一面，无限的个体构成了社会史，也构成了诗歌书写坚实的内核，苍生百态的情与景、悲与喜，在汤红辉的笔下，都具有震撼人心的力量。

汤红辉朴素而厚重的乡土情结，也培植了他高远而昂扬的民族文化情怀。他诗歌中所呈现的对湖湘文化的孺慕和自信，是近乎宗教般的情感与历史的归属感，如《华盛顿的国家广场有个马丁·路德·金雕像》："路过国家广场时我倍感亲切 / 那个白色马丁·路德·金石像出自 / 湖南人雷宜锌之巧手神雕 // 他的身体里流淌着湘人的血液，每次经过 / 我都仿佛听到他用湖南方言向我们打着招呼"。

他多思善感的历史文化襟怀，推动着诗歌以雄浑之气向高处迈进，是个体与个体的相遇，是灵魂与灵魂的碰撞，如《静坐塔克西拉古城》："塔克西拉古城在巴基斯坦的一座山上 / 我们去时双方相约停火 / 只为敬重我们这些来自玄奘故乡的人 // 玄奘于公元 7 世纪来到这里 / 他在《大唐西域记》留下不少笔墨／城堡中有间残存的房子／当地人称为'唐僧谷'"。

他诗歌中深藏的乡邦之爱、故土之情，舍弃了常见的辞章典故与环境描写，而是另辟蹊径从代表文化基因密码的方言入手，对故乡熟稔的认同感和扎根的文化记忆，经由博大的心灵发酵，沉潜的诗歌意象喷薄而出，《屈原》《干瘪橘子是屈原标准的瘦削长脸》等诗歌，写出他对湖湘大地历史文化的追溯与探索，信手拈来的细节彰显流淌在他血液里湖湘文化的性情气质。

"枕着粽子入睡／汨罗江底一位峨冠博带的瘦高老人／不敢高声／鱼群歌子般游动　而／江水之上／《天问》和《离骚》／以及赛龙舟的号子／以楚国原始的方言激动不已"（《屈原》）。

从地域文化的角度来说，汤红辉对故乡的山泽鱼鸟之思，既有江南水乡的温情缱绻的回味，也有背井离乡的文化移民的漂泊之感，诗歌不是理想化的幻影，而是过去生活方式的再呈现，平凡朴实的生活场景蕴含在熟悉的民俗风情里，杂糅成永恒的乡愁，是值得津津乐道的怀念。他在《归来》中写道："以梦为马／从武陵源穿越桃花源／／满身是灰尘／满心是疲惫／母亲的红薯和小米接纳了我／／此刻我头枕

湘江而眠 / 只想在你的琴声中打开一本诗集 // 听听文字中那些关于人民 / 挺直身子奋力前行的声音"。

那些关于故乡的绵绵情思，呈现在诗歌风格里，意象清新自然，"蓑衣""祖屋""香兰"这些农家事物在慢慢打开的日子里散逸而出，化作舒缓古朴的田园牧歌图画场景，成为记载他心灵故乡的档案。特别值得一提的是，他从不刻意通过诗歌技法来彰显浓浓的意蕴和情感体验，他写故乡的人和事，是一种根植于内心的直觉描写，反而充满了一种难得的轻松和幽默感，下笔从容自如。

《在天安门对面穿着三角裤衩四处张望》："住首都大酒店 / 据说对面就是天安门 / 早上起来站在窗户边寻找 / 猛然发现自己裸着上身 / 只穿了条三角裤衩 // 慌忙中穿好衣服 / 想想也没有什么 / 站在母亲身边撒野 / 我怕谁"。

一个中年男人的孩子气，唯有在母亲面前，才敢露出"撒野"的一面，不仅可爱，实属难能可贵。独特的幽默感是汤红辉诗歌的突出特色，打破了人们对于乡土诗的稳固审美特点的呆板印象。

写父亲的喷嚏，声音大得可以惊动整个山村的冬天，完全是一个幼年孩子的眼光，而成年后走在城市的街头，却发现自己打喷嚏的风格竟与父亲一模一样，暗藏的某种隐喻，

仿佛故乡的神魂对自己身份的确认："父亲打喷嚏的时候 /
嘴巴张得很大 / 然后一个比深呼吸还深的呼吸 / 把喷嚏成功
推送出来 / 声音大得 / 可以惊动整个山村的冬天 / 于是满村
的狗都叫了 / 走在城市的街头 / 阳光拥挤而逼仄 / 抬头的一瞬 /
酝酿出一个喷嚏 / 猛然发现 / 我打喷嚏的风格 / 和父亲是一
脉相承"（《父亲的喷嚏》）。

　　幽默感成就了他别出心裁且不落俗套的诗意，从本质上
来说是他亮堂堂的、暖洋洋的生命底色能让他直面岁月年轮
的碾压和人事变迁的心态，他的语言技巧始终在为完成突破
自己而努力。《谨遵母训》读来让人忍俊不禁："人到中年 /
做什么都得遵循天道 // 早睡早起 / 少吃肉多吃青菜 / 珍惜身
边每一个人 // 不闯红灯 / 按线行驶 / 三条大路走正中间一条 //
还有 / 谨遵母训：不吃槟榔"。

　　寻常诗人写母亲，写亲情，都离不开回忆儿时母亲如何
为自己辛勤操劳，走的是念亲恩的路子。唯有他写妈妈的
嘱咐，是不让自己吃槟榔，不闯红灯，充满了热气腾腾的趣
味，活灵活现如在眼前。未泯的童心，独特的视角凸显了作
者对母亲"训诫"的乐享，是一首母爱的颂歌。

　　从艺术创新上考虑，汤红辉式的幽默，还原了生活的元气
与活力，如平静煤矿下经年累月的淬炼，成为诗歌最具感染力

的元素。

汤红辉受故乡生命万物的感召，振笔为诗，体现了他对故乡的热爱，对诗歌的痴恋。故乡是赖以生存的、生长的根据地，他兴感百端，落笔触及处，方寸之间，气象万新，是生命体验与诗歌艺术开拓的合二为一。

诗与远方，在故乡。他诗歌里悠远宁静的故乡情愫，少急切的情绪，而多丰沃灿烂的情思，丰富而朴素，是扎根于故乡背景的透视与叙述，是离家别乡久经人事消磨后的初心回眸，是浅薄世相与深刻自我较量后的自然常新。

原载于《大湾》文学双月刊 2022.03

张四连：女，1982 年出生，湖南长沙人。古典文学硕士、湖南省作协会员，现居长沙。历史文化散文、文学评论散见于《西部散文》《大湾》《创作》《湖南诗人》等，著有《左宗棠家书译注》《湖湘家训里的精进法则》。

在审美化的日常生活中安放灵魂

——读汤红辉诗歌近作

作为一个游走于现实主义与理想主义的边界的人，汤红辉的诗歌有着自己的独特思考与精神气质。

我们一直企图把理想生活融入现实，思考怎样将庸常的生活过得更加充满诗意，思考在经历生活的碾压后如何保持着对人间烟火气的热忱，思考如何把来去匆匆的人们那躁动不安的灵魂放置在世俗宁静的人间。我们在汤红辉的诗歌中找到了这种情感共鸣。

诗人将日常生活审美化，从平淡的生活细节出发表现自己的生活体验与感悟，笔法细腻。在诗人的笔下，生活如潺潺流水般淌过，留下落日、橘花、草垛、残月等大自然的景观，以及对理想生活与生命价值的思考痕迹。

诗意阐释中的世俗与浪漫

汤红辉诗歌的题目十分特别，他的诗题就是诗眼。例如这一首《在落日里赶赴一场灯红酒绿》，诗歌文本有着强烈的画面感，从文字中给人带来橘黄色、红色、绿色交错的视觉冲击，自然景物落日与城市生活的灯红酒绿构成反差，说明这首诗歌不仅仅带有人间烟火的生活气息，还散发着浪漫的味道。诗人透过诗歌语言告诉我们，浪漫和现实生活并不矛盾抵触，它可以在现实中扎根发芽。

时间在秋末冬初，这个时候的天气往往阴郁而萧瑟。诗人下班后驱车来到水湾的枯草深处，一片片枯黄的草林簇拥着。诗人面对着枯草并没有生发悲伤忧郁的情绪，而是将其想象成一片残荷，从这里也可以感受到诗人的生活情趣和积极的生活态度。随着时间推移，夕阳西下。"委身"将落日悄悄隐于高楼大厦的形态生动形象地描绘出来。我们可以想象到诗人站在水边遥望对岸，橘红色的落日将天空霞云晕染得浑然一片，落日逐渐下沉、暗淡，最终隐没在隔岸的高楼之后。经历了一天辛苦的工作之后，落日给诗人带来了内心的安宁与平静，扫除一身的疲惫与乏累。如果说白天的日常生活带来的是身心俱疲，心灵上蒙了灰尘，而落日则将诗人从现实生活中暂时抽离出来，沉浸在纯粹的自然美好中，忘却世间纷杂，更加放松和愉悦。落日提醒我们在活着、在思考，不至于被生活碾压得失去自我，提醒我们生命的力量与跳动，于是诗人赞美它"壮美、雄浑、奋不顾身"。落日是生活，工作也是生活，一种是浪漫，一种是现实，这是诗人在生活中找到的自我调节方式，他找到了生活中的平衡感。

欣赏完落日，诗人联想到某日在慵懒的阳光下草木茂盛，他随手将一朵花折下，将其丢在河里，看着它随流水远去。这朵花可不一般，它由春日盛开到夏日，"熬"字表现了夏日漫长炎热，花朵的生命力十分旺盛。远去的除了花朵，还有其象征的时间，时间也如流水般逝去。最后诗人的思绪又回到现实，着眼当下，思考的是晚上要去做什么——或者去奔赴灯红酒绿，和三五好友一起饮酒畅谈，或者是回到家里炒三五小菜，将视线又拽回世俗的人间烟火。在这首诗歌里，诗人没有抱怨生活的苦涩、忙碌与无聊，而是怀着热爱，在平凡的日子里寻找乐趣、浪漫，这些生活化的场景表明诗人是一位虔诚的、认真的生活者。

生活的目光落在灵魂背面

如果说《在落日里赶赴一场灯红酒绿》尚不能完全体现汤红辉诗歌的审美风格，那么，《我们的灵魂比花朵飞得更高》应该能够显示出汤红辉关注的细腻和手法的高明之处了。该诗同样从生活中的小事出发，虽然只有短短的9行，但它的思想深度更高，更加具有象征性。

诗人写到，春天到了，满条街的橘花竞相开放，"请允许我长发飘飘仰天扬长而过"，这是多么的洒脱与自由！作者连续两天将橘花折下插在瓶中，自己调侃这是做得最不文明的事情。但是从这件小事中也能看出诗人一定是热爱生活的，盛开的花朵展示着蓬勃的生命力，展示着春天的美好，诗人醉心于这美好，于是想将它放在家里，赏心悦目。

最后三句意义深刻，"人间有毒 / 我们的灵魂比花朵飞得更高 / 而神在隔岸观火"。攀折花枝只是暂时地将美固定下来，这是表面的虚假的美。美丽的不是这种被精致的当作盆栽的东西，而是它本身生长在那里绽放出来的自然的美。执着于刻意的美也许会忽视本质与内在，只有我们的灵魂能够感到纯粹的美感才是美。就像我们的生活一样，酸甜苦辣交杂，有太多的不如意与挫折痛苦，所以诗人会觉得人间有毒。可是诗人有着更高层级的精神境界与精神追求，纷繁的世间尘世并不会扰乱他，他依然能保持着一颗积极生活的心，他能够在生活中保持本真。生活的意义不只是在于活着，它需要我们活得有灵魂。

灵魂高于生活，它不会像花朵一样被固定，因此它可以徜徉，可以流动。它让我们能够不至于庸人自扰，能够让我们明白心之所向。最后一句的感情仿佛又有抑制，神不懂人间生活的美好，他高高在上地看着人们庸庸碌碌。神是无情的，诗人赞美我们人却是可以有灵魂、有思想、有感情的。

生活的芳香与时间的重量

汤红辉的《橘子花开》写得自然天成，从题目到内容都是那么普通，字里行间却又是那么意味深长，恰如生活本身。这首诗歌仿佛是人到中年，对时间更加敏感，过去的回忆像播放电影般一幕幕地出现在诗人的脑海里，诗人思绪万千，想到了朋友、邻居和父母，和前两首相比，基调似乎有些伤感。这种伤感是生活的芳香与时间的重量叠加在一起，造成一种审美的延宕所致。

春暖花开，陡岭路的橘子花散发着香气。不过扫兴的是马路上的渣土车来来往往，汽车尾气掩盖住了花香。诗人由盛开的橘子花想到了时间长河里散落的记忆碎片，想到年轻的时候曾经与朋友喝酒畅谈，可是随着年岁的增长，大家有各自的事业和家庭，朋友分散在各地，联系变少，友情变淡。"朋友们一个个在橘树的年轮中走失"，比喻奇特，其实是朋友们随着时间流逝逐渐走散，诗人形单影只，只能独自饮酒，再也找不回当年的热闹与欢乐，不免流露出孤独之感和对世事无常的感慨。思绪翻转，诗人又联想到了一位邻居，曾经许诺过会看望他，"择一月白云淡夜回乡喝茶"，会在某一天云淡风轻月明如水的夜晚回到家乡，和他一起喝茶叙旧，聊聊自己的人生经历。如今可能由于工作繁忙等各种原因也没能回去，留下了遗憾。最后诗人想到留守祖屋的父母，他们会在黎明时起床打扫庭院的落花，"飘满半院鸟鸣"利用通感的手法，鸟鸣清脆，花落满地。诗人想念着家里的父母，又因为不能在其身边守护他们而带有遗憾和愧疚。

从这首诗歌里我们看到的是诗人对于时间的感悟，随着物质的丰富、社会的发展，我们在获得的同时，一些东西也在不知不觉中失去。时间猝不及防冲刷着我们的记忆，美好的友情、爱情、亲情都在慢慢地受着时间的侵蚀。当我们回顾走过的路，发现岁月匆匆流逝，我们丢失了太多珍贵的东西，留下了太多的缺憾。诗人在诗中表现了对岁月流逝的遗憾与无奈、悲伤之情。而其实现实生活就是这样，我们在一分一秒地过活，和身边人的距离越来越远，最终还是独自走过人生旅途。橘花开了，意思是诗人对过去无比怀念。

徐迟曾说："我们在生活中要善于寻找集中点，找最集中的旋涡，那里旋转着诗。"诗歌作为一种文学艺术，它不可能脱离生活而存在，否则会陷入形而上的虚无的旋涡里。生活为我们提供了丰富的素材和广袤的创作天地，我们可以通过所见所闻所感将其艺术化地加工成诗歌，表达自己的情绪，或者是并不表达什么明确的意识。

总之，读汤红辉的诗歌，我们仿佛被一种无形的绳连接着，牵引着，在文字背后，我们总能从中找出一个共同的主题——生活。无论是世俗、灵魂还是时间，都是诗人对于生活的思考与感悟。诗人热爱生活、认真生活，他会为一朵花、一场日落而雀跃，也会为时间的流逝而悲伤，他享受着人间世俗的快乐，又在寻觅着更高层次的精神追求。诗人是生活的观察者，也是生活的忠实爱好者。他积极思考、细心观察，将日常生活中的体验写入诗歌。在他看来，生活是诗歌，诗歌是生活。

换句话说，我们有的时候会很苦恼，一边享受着世俗乐趣，一边又想追求更加浪漫理想不切实际的生活，它们方枘圆凿，格格不入。但是从汤红辉的诗中，我们找到了两者的协调与平衡。时间流逝，生生不息。生活生命就这样缓缓地从时间的河床上淌过，时缓时急，我们见证无数的美好，又留下了不少的悲伤，无论悲伤还是希望，我们都在呼吸、在活着，都能从日常生活中找到审美的着力点和灵魂的安憩地。

陈庆云：作品散见于《人民文学》《诗刊》《解放军文艺》等文学期刊和多种文学选本。著有散文集《天地悠悠》《心灵的暗香》《昨夜西风》，诗集《玻璃房子》《因为爱你而光荣》，长篇小说《情泊奥克兰》等 30 余部。

吴晓雨：女，中南大学文学与新闻传播学院学生。